トラベル・ミステリー

西《にし》村《むら》京《きょう》太《た》郎《ろう》

十《と》津《つ》川《がわ》警《けい》部《ぶ》 裏《うら》切《ぎ》りの駅《えき》

NON NOVEL

祥伝社

目次

カバー装幀　かとうみつひこ
カバー写真　WAHA／amanaimages

姨捨《おばすて》駅の証人

初出＝「小説ＮＯＮ」二〇一五年二月号

1

警視庁捜査一課の刑事の中には、旅行が趣味という者が多い。日頃、殺人犯や強盗犯を追いかけるような殺伐《さつばつ》とした仕事をすることが多いせいもあってか、どうしても休みの時には、旅行に出かけて、海や山など地方の優しい自然に触《ふ》れたいと思うようになるのだろう。

刑事歴二十年というベテラン亀井《かめい》刑事の趣味も旅行である。特に、今回のような苦労した殺人事件の捜査がやっと解決した後では、ひとりでゆっくりと旅行を楽しみたいと、思ってしまうのだ。

そこで、しばらく休みの取れなかった亀井は、二日間の有給休暇をもらって、前々から行きたいと思っていた旅行に出発することにした。

亀井は新宿《しんじゅく》発午前八時の「スーパーあずさ5号」に乗った。中央《ちゅうおう》本線である。中央本線に乗るのは、久しぶりだが、前に乗った時、不思議な気がしたことを、亀井は覚えている。

中央本線は、正式には東京—名古屋《なごや》間の四百二十四・六キロメートルを走る幹線である。

しかし、地図を見ると、どうしても中央本線東線《とうせん》と中央本線西線《さいせん》の二本の路線があるように見えてならない。その上、中央本線には、新宿—名古屋間を走る直通の列車がない。

だから、もし、新宿から中央本線を利用して名古屋まで行こうとしたら、まず「特急あずさ」に乗って松本《まつもと》に行き、松本から、今度は「特急しなの」に乗り換《か》えて名古屋に行くことになる。その上、塩尻《しおじり》までがJR東日本で、名古屋・塩尻間はJR東海ということになる。

したがって、新宿から名古屋に行くために、あるいは逆に、名古屋から新宿に行くために、わざわざ不便な中央本線に乗ろうという者は、よほどの鉄道マニアではない限り、おそらく一人もいないだろう。

亀井にいわせれば、両方の線を中央本線と呼ぶのがおかしいのである。分かりやすくしたければ、松本で分けて、中央本線東線、中央本線西線という名前にすべきだろう。

今日、亀井が新宿から午前八時発の「スーパーあずさ5号」に乗ったのも、もちろん名古屋に行くためではない。松本に行くためである。

新宿駅は、東京都内の駅の中で最も乗降客の多い駅だといわれている。亀井の乗った「スーパーあずさ5号」は、都会の喧騒《けんそう》の中を出発した。

しばらくの間、「スーパーあずさ5号」は、都会の景色の中を走る。

亀井は、郷里の青森《あおもり》から、東京に出てきたばかりの二十代の頃、しばらく、中央線の中野《なかの》に住んでいたことがあるので、なじみのある風景が、続く。

八王子《はちおうじ》を過ぎる頃から、窓の景色が少しずつ変わってくる。都市の景色から田園の景色に変わってくるのだ。

嬉《うれ》しいことに、今日は空気が澄《す》んでいるとみえて、富士山《ふじさん》がくっきりと、美しい姿を見せている。

亀井はデジタルカメラを取り出すと、数回シャッターを切った。

しばらくすると、今度は、車窓に高尾山《たかおさん》が見えてくる。高尾山は、亀井の好きな山の一つである。それは、子供と一緒に気軽に登れるからである。

今日は一人での旅行なので、帰りには、子供たちへのお土産《みやげ》を買ってこなくてはならない。

亀井が、そんなことを考えているうちに、列車はトンネルに入った。

小仏《こぼとけ》トンネルである。

トンネルを抜けると、東京とはサヨナラで、神奈《かな》川《がわ》県下に入る。

九時一分、山梨《やまなし》県の大月《おおつき》に到着。

何カ月か前、家族を連れてこの大月で降り、富士急行に乗って富士五湖に行った時のことが思い出された。

そのうちに、亀井は、いつの間にか眠ってしまった。

厄介《やっかい》な殺人事件の捜査が終わったのが、昨日の夕方だった。それ以前からほとんど眠ることができなかったから、亀井が、つい眠ってしまったのも当然かもしれない。

亀井が目覚めると、窓の外に南アルプスの山々が、雪が残った白い山頂を見せて連《つら》なっている。

次の駅は塩尻だった。山国に入ったことが実感できる。

そして、その次の駅が、終着駅の松本である。

亀井は、松本で「スーパーあずさ5号」を降りた。

今日、亀井が行こうと決めたのは、昔話に出てくる伝説の里がある姨捨《おばすて》駅である。特急列車に乗っていくと、無人の姨捨駅は通過してしまう。

亀井はホームで、駅弁を買い、それを食べながら普通列車の到着を待った。亀井が乗ろうとするのは、松本から長野《ながの》までの篠ノ井《しののい》線である。普通列車に乗れば、姨捨駅に、停まるのだ。

姨捨駅は、昔話の駅として有名だが、同時に中央線の中のスイッチバック駅としても有名である。

特急に乗ってしまうと、スイッチバックは通らず、まっすぐ、長野に行ってしまう。

亀井が、駅弁を食べ終った頃、篠ノ井線を通る長野行の、普通列車がやって来た。二両編成という短い列車だが、平日にもかかわらず、車内は意外に混んでいた。

列車は松本を出ると、田沢《たざわ》、明科《あかしな》、西条《にしじょう》、坂北《さかきた》、聖高原《ひじり》、冠着《かむりき》と停まっていく。その次が姨捨駅である。

姨捨駅は無人駅なのに、ここで、ドッと乗客が降りた。めいめい、デジカメを片手に持《と》っているから、亀井と同じように、この姨捨駅を撮りにやって来た鉄道マニアだろう。

姨捨駅は、無人駅にしては、駅舎がわりと大きくて、休日には、ボランティアの職員がいる。観光を目的に、この駅で降りた乗客たちが、いろいろと質問をするので、それに答えるために、交代で、駅に待機しているのだろう。

駅舎に入ると姨捨伝説の絵が、ストーリイの順番に並べてあった。

この地は松尾芭蕉《まつおばしよう》の田毎《たごと》の月でも有名である。そのため、ホームには、芭蕉の句碑《くひ》が建っていた。

姨捨駅で、亀井と一緒に降りた乗客は、十人ほどだが、すでに数人の先行の乗客がいて、しきりに、写真を撮っている。駅舎の天井にかかっている姨捨伝説の絵を撮っている者もいれば、芭蕉の句碑を撮っている者もいる。

さらに、向いのホームに向って、跨線橋《こせんきよう》を、駆け上がっていく若い男女もいた。こちらのホームには、駅舎があったり、芭蕉の句碑があったりするのだが、反対側のホームでは、善光寺平《ぜんこうじだいら》や田毎の月で有名な、段々畑が眼に入ってくるからだろう。

その上、反対側のホームには、一カ所、デベソのように突き出たところがあり、そこから善光寺平がよく見えるらしく、交代で、盛んにカメラのシャッターを切っている。

亀井が乗ってきた普通列車は、スイッチバックに入るために、逆行していった。

亀井は、ホームを、走り回る若い鉄道マニアたちの動きに苦笑しながら、まず駅舎に入り、何枚か並べてある姨捨伝説の絵を鑑賞することにした。

姨捨伝説の話は、亀井も知っていた。

昔、生活に困った男が、年老いた母を背負って山に捨てに行く。それが姨捨伝説の話である。

しかし、実際に、この、姨捨駅に来てみると、その姨捨伝説にも、いろいろあることが分かった。

ホームに飾ってある絵によれば、この姨捨に伝わっている伝説は、若者が年老いた母を山の中に捨てようと思い、いったんは母を山に残してきたが、やはり、捨てきれずに、また山に登って背負《せお》って戻ってくるという話になっていた。

生活のために、年老いた母を山に捨てる話よりは、もう一度、山に登って連れ帰る話のほうがほっとするのだが、姨捨伝説の本来の意味からすれば、山に母親を捨ててしまうストーリイの方が正しいのかもしれない。

一休みしてから、亀井は跨線橋を渡って、反対側のホームに向った。


ホームの一カ所に膨《ふく》らみをつけたのは、写真を撮りやすくするためだろうが、ホームに行ってみると、なにより驚いたのは、椅子《いす》が全て線路側ではなくて、善光寺平の方向に向いていることだった。

そうした配慮をするだけ、この駅で写真を撮るためにわざわざ降りる乗客が多いということなのだろう。

亀井は一通り、善光寺平の景色を撮ったり、反対側のホームから駅舎や芭蕉の句碑を撮ったりした後、今度は、カメラを、人間のほうに向けてみた。

最近のカメラは、小さなデジカメでも交換レンズを付けられるようになっているものがある。亀井が持ってきたデジカメもそうである。そこで、さっそく望遠レンズを取り付けて、反対側のホームを走り回っている乗客にカメラを向けた。

一人で動いている者もいれば、二、三人のグループでお互いに写真を撮り合っている者たちもいる。

亀井は、そんな乗客たちに向けて、カメラを、流すようにして、撮っていたが、そのカメラが、突然、止まってしまった。亀井の持つカメラの先に、一人の女、いや、男が写っていたからだ。

少しばかり、異様な人間だった。

よく見れば、男なのだが、一昔前のハリウッドの女優がかぶっていたような、つばの広い黒の帽子を斜《なな》めにかぶっている。そして、白いセーターと白いスラックスを身につけ、その上に黒のコートを羽織《はお》っている。セーターには、大きなシャネルのマークが入っているが、多分偽物《にせもの》だろう。

白と黒というのは、シャネルの配色だが、どこかズレているような感じの服装である。

背がかなり高い。おそらく、そのことも全体的にシャレた感じに見えない理由になっているのだろう。少し間が抜けて見えるのだ。

亀井は、その相手に向けて何回かシャッターを切ったが、そのうちに、亀井のレンズの中から相手が消えた。

亀井は、あわてて、その男の姿を探したが、ちょうど、普通列車が、ホームに入ってきて、亀井の視線が、遮《さえぎ》られた。

亀井は急いで跨線橋を渡り、反対側のホームに降りていったが、その時、普通列車が動き始めていた。スイッチバックに向かって、後ずさりしていくのである。

ホームに、さっきの男はいなかった。おそらく、今動き出した普通列車に乗ってしまったのだ。

亀井は、しばらく迷っていたが、携帯電話を取り出すと、東京の警視庁捜査一課に電話をかけた。

十津川《とつがわ》警部を呼び出して、

「亀井です」

「やあ、カメさん。たしか今日から二日間の休暇だったな。どうだい、楽しんでいるかい?」

と、十津川の声がきく。

「実は、急に用事ができまして、これからすぐ東京に戻ろうと思っていますが、そちらに着きましたら、警部と二人だけで内密にお話ししたいことがあります」

「無理をしなさんなよ。久しぶりに取った休暇なんだから、ゆっくり体を休めたほうがいいぞ」

と、十津川が、いう。

「ええ、分かっています。しかし、一刻も早く警部にお話ししたほうがいいと思うことができたので、今日の夕方には東京に戻ります。戻ったらすぐまた電話を差し上げます」

と、亀井が、いった。

「何かわからないが、とにかく、カメさんの帰りを待っているよ」

と、十津川が、いった。

2

亀井は、何とか五時すぎには、新宿に着き、もう一度、十津川に電話をかけた。

「亀井です。今、新宿に戻ってきたところです」

というと、十津川が、

「例の殺人事件も解決して、今日は、六時には捜査本部を出られるから、新宿で会おう。久しぶりに二人で、夕食を食べようじゃないか。その時に、カメさんの大事な話とやらを聞くことにするよ。私が行くまで、どこかで待っていてくれ」

と、いってくれた。

二人は亀井の提案で、新宿西口の雑居ビルの中にある中華料理店で落ち合うことにした。亀井がその店を選んだのは、個室があるからだった。

亀井が先に店に着いて、メニューを見ているところに、十津川が到着した。

その店は、麻婆豆腐《マーボー》がおいしいと聞いていたので、二人は麻婆豆腐とライス、そして、スープを注文した。

食事が始まる。

だが、亀井は、肝心《かんじん》の話をなかなかしなかった。

食べ始めてしばらくすると、十津川が食事の途中で箸《はし》を止めて、

「そろそろ、カメさんの話を聞こうじゃないか」

と、いった。

「実は、今日、長野県の姨捨駅に行ってきたのです。鉄道マニアがよく行く、例の姨捨伝説の駅なのですが、そこでこの写真を撮りました。まず、この写真を見てください」

亀井は、自分のカメラの画面に、三枚の写真を次々に映して、それを十津川に見せた。

「カメさんは、人物に興味を持って写真を撮っているのか」

と、いいながら、十津川は、写真を見ていたが、

「これは――」

と、いったまま、突然、押し黙ってしまった。

「そうなんですよ」

と、亀井が、いった。

「どうしても気になったので、写真に撮って、警部にお見せしようと思って戻ってきたんです」

「そうか、こんなヤツが、本当にいたのか。これは驚いたな」

「そうなんです。姨捨駅にいたんですよ、本当に」

亀井が、いうと、十津川は、一瞬考えた後で、

「カメさん、これから本庁に戻ってくれないか？」

「分かりました。今すぐ行きましょう」

と、亀井が、応じる。

二人は、食事の途中だったが、支払いを済ませると、店を出た。

地下鉄で新宿から霞ヶ関《かすみがせき》まで出て、警視庁のビルの中に駆け込んだ。

捜査一課の部屋に入る。

十津川は、自分の机の前に座り込むと、引き出しを、片《かた》っ端《ぱし》から開けていった。

だが、十津川が、探しているものがなかなか見つからない。

横から亀井刑事が、

「警部、たしかキャビネットに、仕舞《しま》ったんじゃありませんか?」

と、声をかけた。

十津川が、笑った。

「そうだった。キャビネットだった。勘違いをしていたよ」

十津川は、そういいながら、キャビネットの引き出しを、鍵《かぎ》を使って開け、再び何やら探していたが、

「あった」

と、小さく叫び、分厚い書類を取り出して、自分の机の上に置いた。

昨日まで四苦八苦して、やっと送検に持ち込んだ、殺人事件の報告書と関係書類の束《たば》だった。

その書類の束の中から、十津川は、一枚の画用紙を引き抜いた。

そこには絵が描かれている。

今回の殺人事件の容疑者だった中西昭《なかにしあきら》（三十九歳）が描いたものだった。

もっと正確にいえば、容疑者の中西昭にクレヨンを与えて描かせた、一人の人物像なのである。

「やっぱり、似ているな。見れば見るほどそう思うね」

十津川が、いった。

「そうでしょう。似ていますよ。私は、すぐそう思いました」

と、亀井が、応じる。

つばの広い真っ黒い帽子を斜めにかぶっている女、いや、男の絵だった。

白いセーターに白いスラックス、その上に黒いコートを羽織り、ハイヒールも黒である。そして、白いセーターの真ん中には、シャネルのマークが入っている。

身長は一七五センチぐらい。絵の横には「ハイヒールを履《は》いているので、実際にはそれよりも大きく見える」と、但《ただ》し書きがあった。

3

問題になっているのは、三月十日の夜、都内の麹町《こうじまち》で起きた殺人事件である。

一見よくある事件に見えた。殺されたのは、木下《きのした》めぐみ、二十二歳、女子大学生である。

めぐみは、ミスキャンパスにもなったという美人だが、このところ、しばらく学校を休んでいた。

都内千代田《ちよだ》区麹町の十八階建てのマンションの角部屋で、三月十一日の昼頃、木下めぐみは死体となって発見された。

死体の第一発見者は、めぐみと同じS大に通う同級生の片桐玲子《かたぎりれいこ》だった。

前日、木下めぐみが学校に来ないことが気になって、めぐみに電話をすると、相談したいことがあるので、できれば明日会いたい。めぐみに、そういわれたので、午前十時に、新宿のカフェで会うことにしていたのに、約束の時間になっても、めぐみが現われなかった。

そこで、ますます心配になった片桐玲子は、何度か訪れたことのある麹町の木下めぐみの自宅マンションを訪ねていったところ、ドアが開いていたので、部屋の中に入ってみたという。

　すると、居間のじゅうたんの上で、木下めぐみが頭から血を流し、うつ伏せになって倒れて死んでいるのを発見し、慌《あわ》てて一一〇番した。

　所轄《しょかつ》の警察署の警官が調べてみると、背後から後頭部を、鈍器《どんき》のようなもので、何回も殴《なぐ》られていることが分かったので、殺人事件と断定し、警視庁捜査一課から十津川たちが、現場のマンションに急行した。

　居間のテーブルの上には、飲みかけのワインのボトルとワイングラスが二つ残されていた。

　被害者が背後から殴り殺されたところから見れば、顔見知りの犯行である線がきわめて強い。

　十津川が、そのつもりで死体の第一発見者である片桐玲子に聞くと、

「実は、めぐみは、このところずっと恋愛問題で、悩んでいたんです。今日も新宿で会って相談したいことがあると、めぐみがいうので、待ち合わせをしていたんです。ところが、いつまで待っても、現われないので、心配になって、ここに来てみたら、こんなことになっていて――」

「なるほど。それで、木下めぐみさんが、恋愛問題で悩んでいたという、相手の男性は知っていますか？」

「ええ。たぶん、中西先生だと思います」

　玲子が、あっさりといった。

　中西先生が何者かは、すぐにわかった。木下めぐみと片桐玲子が通っているＳ大文学部の准《じゅん》教授、中西昭のことで、玲子たちに現代文明史を教えているという。

「Ｓ大の中西准教授というと、最近よくテレビにも出ている、若い人たちに人気のある先生ではありませんか？」

　十津川が、きくと、片桐玲子は、うなずいて、

「ええ、そうです。その中西先生です」

「殺された木下めぐみさんは、本当に中西准教授と関係があったんですか?」

「たしか二年くらい前から、二人は、付き合っていたと思うんです。学校でも、二人の仲は、かなり噂《うわさ》になっていたし、めぐみ自身も、その噂を否定していなかったから、二人は、付き合っていたのだと思います」

と、片桐玲子が、いった。

十津川はすぐ、S大の事務室に、連絡を入れて、中西昭の現住所を聞いた。その結果わかった六本木《ろっぽんぎ》の超高層マンションに、部下の刑事二人を向わせることにした。

三十分ほどすると、その刑事から電話があって、

「中西昭は、現在留守のようですね。呼び鈴《りん》を何度押しても応答がありません。それで、マンションの管理人に話を聞いたところ、どうやら、数日前からどこかに旅行に出ているらしいということでした。どうしますか?」

と、いった。

十津川は、しばらく、そちらで、中西昭が帰ってくるのを待てと命じた。

そのあと、十津川は、改めて、木下めぐみの部屋を見回した。

2LDKのゆったりとした間取りである。調度品も、高そうなものが、揃《そろ》っている。女子大生の一人住まいにしては、豪華すぎる部屋だった。

管理人を呼んで、木下めぐみのことを聞いてみると、彼女は、この部屋を賃貸で借りていて、家賃は、月に三十万円だという。

「家賃が月三十万円ですか。一人暮らしの女子大学生としては少しばかり高い感じですが、木下めぐみさんは、資産家の娘さんですか?」

十津川が、片桐玲子に、きいた。

「いいえ、そんなことはないと思います。たしか、

めぐみの、お父さんは、普通のサラリーマンだと、めぐみ自身がいっていました」

と、玲子が、いう。

だとすると、この部屋の家賃三十万円は、木下めぐみと付き合っているという中西昭が出していたのかもしれない。

午後六時過ぎには、木下めぐみの死体は、司法解剖のために、大学病院に運ばれ、麴町警察署に、捜査本部が置かれた。

その日の夜、六本木の中西昭のマンションを張っていた二人の刑事が、旅行から戻ってきた中西昭に、事情を説明し、捜査本部に任意同行で連れてきた。

十津川は、それまでの間に、中西昭の簡単な経歴を、調べていた。

中西昭は現在三十九歳。独身。「現代文明」について書いた本が、すでに、十冊も出ていて、そのうちの何冊かが、ベストセラーになっている。

背が高く、今どきのイケメンといってもいいだろう。話し方がマイルドで、はっきりしているので、テレビにも、何回も出ているし、何か大きな事件が起きると、中西昭が必ず番組に出演して、事件についての明快な解説をしている。

中西は、十津川に会うなり、

「ここに来る途中で刑事さんに聞いて、ビックリしてしまったのですが、木下めぐみさんが殺されたそうですね。本当の話ですか？」

と、聞く。

「ええ、本当ですよ」

十津川は、木下めぐみが、麴町の自宅マンションの、じゅうたんの上に死体で倒れていた時の状況の一部を、中西昭に説明した。

「ドアが開いていましたから、被害者の木下めぐみさんが、自分からドアを開けて、犯人を、迎え入れたと思われます。二人でワインを飲んだ形跡がありました。しかし、片方のグラスからは、きれいに指紋が拭《ふ》き消されていました。背後から殴られて殺されていますから、木下めぐみさんが犯人に対して警戒心がなかったことの証拠だとみています。犯人はそのまま、マンションから逃げ出したのでしょう。こう見てくると、今回の事件は、顔見知りによる犯行ではないかと、われわれは考えています」

十津川が、いうと、中西は、こわばった表情になり、

「そうなると、私は、真っ先に、疑われそうですね」

「木下めぐみさんの、死体を最初に発見したのは片桐玲子さんですが、中西先生は、彼女のことを、もちろんご存知ですね？」

「ええ、同じS大文学部の学生ですから、よく知っています」

と、中西が、いった。

「片桐玲子さんから、聞いたのですが、中西先生と木下めぐみさんとは、かなり親しくされていたようですね？」

「否定はしません」

「失礼ですが、どの程度の付き合いだったんでしょうか？」

「どの程度といいますと？」

「木下めぐみさんは、麴町のマンションに住んでいました。中西先生は、六本木のマンションに住んでおられる。それぞれのマンションに、泊ったことがあるかということです」

中西昭は、一瞬考えていたが、

「刑事さんたちが、調べれば、すぐに、分かることですから正直にいいましょう。彼女のマンションに泊ったことがありますし、彼女も、私のマンションに、泊りに来たことがありますよ」

「中西先生は、たしか独身でしたよね？」

「ええそうですが」

「木下めぐみさんと、結婚することも考えておられたんですか？」

十津川が、きくと、中西は、笑って、

「いや、私としては、結婚は考えていませんでした」

「しかし、先生と木下めぐみさんは、お互いのマンションに泊り合うような、そういう仲だったわけでしょう？」

「正直にいえば、彼女と肉体関係がありました。それは、認めます。しかし、今どきの若い女性、それは、木下めぐみもなんですが、二十代の時に、付き合った男性がいたからといって、その男性と、結婚するかというと、必ずしも、そう考えてはいないんですよ。彼女たちにしてみると、男性経験も一種の冒険のようなもので、いろいろな男と、付き合いたいと思っているんです。この私も、木下めぐみから見れば、そんな男の、一人だったんじゃありませんかね。大学を卒業して就職してから、ゆっくり結婚相手を探す。今時の若い女性と、同じように、木下めぐみは、そういう感じでしたね」

「そうすると、中西先生以外にも、木下めぐみさんには、付き合っていた男性が何人もいたということですか？」

「ええ、本人に、直接聞いたわけではありませんが、おそらく、いたんじゃないかと思いますね」

と、中西が、いった。

十津川は、いったん、中西昭を帰したが、翌日になると、司法解剖の結果が、知らされた。

死因は、やはり後頭部を鈍器で何回も殴られたためのショック死であり、死亡推定時刻が三月十日午後九時から十時の間と分かったところで、もう一度、中西昭に、捜査本部に来てもらった。

「司法解剖の結果が出まして、木下めぐみさんの死亡推定時刻は、三月十日の午後九時から十時までの間と、分かりました。それで、これは一応、念のために、お聞きするのですが、その時間、中西先生は、どこにいらっしゃいましたか？」

と、十津川が、きいた。

「私のアリバイですか？」

「まあ、そういうことになりますが、正直に答えてください」

「三月十日の午後九時から、十時の間ですね？　その日時に、私が、どこにいたかということですね？」

「ええ、そうです」

「刑事さんから、その時間を聞いて、ホッとしましたよ」

と、中西が、いった。

「ホッとした？　どうしてですか？」

「実は一週間ほど、私は、旅に出ていたんですよ。もちろん一人でです。そして、何も持たずに、つまり、カメラも、持たないし、スケッチブックも持たずに、地方の無人駅に行っていたんです。刑事さんのおっしゃる三月十日の夜九時なら、私は長野県の無人駅にいましたよ。飯田《いいだ》線の『沢《さわ》』という駅です」

と、中西が、いった。

「長野県の無人駅に、一人でいたんですか？」

「そうですよ」

「どうして、無人駅に、一人で旅行するんですか？」

「どうしてって、そういうことをするのが、好きだからですよ。ほかに、理由はありません。私は、ごみごみした東京という、大都会に住んでいて、いつも、S大の学生と一緒だし、テレビに出たら出たで、周《まわ》りは、人だらけです。時々、人いきれで疲れてしまうんです。だから、そんな時には、自分で自分に休みを与えて、無人駅に行ってみるのです。そこには、一時間経《た》っても誰も、現われません。電車に乗ろうという人も、いなければ、電車から降りてくる人も、いません。そういう小さな駅に行って、そこでじっとしていると、大げさにいえば、人生の、孤独を感じるのです。それが快感でしてね。誰もいない。都会の喧騒《けんそう》もない。それが、何とも心地《ここち》いいんですよ。一種の心の洗濯とでもいったらいいんですかね。もう三年もやっています」

と、中西昭が、いった。

「その時、無人駅の写真は撮らないんですね？」

と、亀井が、聞いた。

「そうです。撮りません。もちろん、私も最初のうちはカメラを持っていって、無人駅を撮っていました。しかし、そうすると、どこかで都会の喧騒と、つながってしまうような気がしてしまうんです。だから、最近はカメラも何も持たずに、ひたすら人のいない無人駅に行っていましたね。今、刑事さんのおっしゃった三月十日の午後九時から十時の間も、今申し上げたように飯田線の『沢』という無人駅にいましたよ」

「中西先生が、その『沢』という無人駅に、三月十日の午後九時から十時の間に、いたことを証明できますか？」

「それは少し、無理ですね」

「なぜですか？」

「できませんよ。何しろ、無人駅に一人でいたんですから」

「そうですか。しかし、そうなると、残念ながら、あなたにはアリバイがないということに、なってしまいますよ。何とか、三月十日の午後九時から十時の間に、どこかで、あなたと会った人がいるとか、どこかで、何らかの事件とぶつかったとか、そういうアリバイが、ほしいのですが、何か思い出せませんか？」

と、十津川が、いうと、中西は、急に、不機嫌になって、

「今も申しあげたように、三年前から、私は一人で、無人駅を訪ね歩くことを、趣味にしているんです。その時、カメラは、持っていきませんし、友人と一緒に、行くこともありません。私は一人だけで、日本中の無人駅を訪ねる旅行をしているんです。人に会うことが嫌だからわざわざ、東京から地方の無人駅に行くのであって、そんな旅行中に、私と会ったことを、証明してくれる人など、いるわけがないじゃありませんか」

「たしかに、中西先生の気持も、趣味もよく分かりますが、相手が無人駅で、誰にも会わなかったとなると、どうしてもアリバイが、ないということになってしまいます。アリバイを証明することができないとなると、われわれとしては、いくつかの証言もありますし、あなたを逮捕せざるを得なくなるかもしれませんよ」

時刻表を見ると、確かに飯田線に「沢」という駅がある。上りも下りも、一時間に一本ぐらいの列車しかなかった。

動機は、元ミスキャンパスだった木下めぐみに、中年の人気の准教授、中西昭が手をつけたが、その後、木下めぐみを持て余した挙句《あげく》の、殺人ではないかと、十津川は、考えた。

十津川と亀井は、木下めぐみの同級生たち数人や、中西昭をよく起用しているテレビ局の担当者たちに会って、話を聞き、中西昭の評判を聞いて回った。

大学でも、テレビ局でも、中西昭は、人気があった。

しかし、女性にはだらしがないくせに、いざとな

ると冷たいという噂を聞けた。

中西昭が、三十歳の頃、今回と同じように、教え子と深い関係になってしまい、この時は、彼女が、自殺してしまったという話もあった。

十津川が、中西に向かって、はっきりしたアリバイがなければ、送検に、持っていくといって脅《おど》かすと、中西昭は、こんな話を持ち出した。

「一つだけ、思い出したことがあります。三月十日の午後九時頃、飯田線の『沢』という無人駅にいたんですが、終電が近くなったので、下りの列車に、乗ったところ、車内はガランとしていましたが、そこに、奇妙な恰好をした、男とも女とも分からない人がいたんです。その人物は、時代遅れのつばの広い、大きな黒い帽子を斜めに、かぶっていましてね。白いセーターを着て、白いスラックスを、はいて、黒いコートを羽織っていました。そういえば、セーターの、真ん中には、大きなシャネルのマークが入っていましたよ。あのマークは、どう考えても、偽物ですね。とにかくやたらに目立った人で、本にサインをしました。ですから、警察が、何とかして、その奇妙な恰好の人物を見つけてくだされば、私のアリバイが証明されることに、なるのではないかと、思うんです。何とかして、その人を、見つけてください。よろしくお願いします」

と、中西昭が、いうのだ。

十津川たちは、この奇妙な人間を捜すことに、全力を挙《あ》げた。

十津川は、簡単に、見つかるだろうと、思った。中西もいうように、この男とも女ともつかぬ人間が、実在するのであれば、目立つだろうと思ったからである。

ところが、いくら、捜しても、そんな人間は見つからないのである。長野県警にも、協力を要請したが、一週間経っても、二週間経っても、それらしい人間を、見つけることはできなかった。

そのうちに、十津川たちの胸に、一つの、疑惑が浮かぶようになった。

もしかすると、中西昭は、そんなでたらめな人物を頭の中ででっち上げて、それを理由にして、無理やり自分の、アリバイにしようとしているのではないかという疑問だった。

中西昭のいう何とも奇妙な、男とも女ともつかない人間は、中西昭が、助かりたい一心ででっち上げた幻の人間と、断定して、教え子の木下めぐみを殺した容疑で、中西昭を、送検することを決めたのである。

これが問題の事件だった。

ところがである。篠ノ井線の姨捨駅で、休暇中の亀井刑事が、たまたま見かけた人物は、彼に衝撃を与えたように、殺人事件を担当した十津川や、ほかの刑事たちにも衝撃を与えたのである。


十津川は、ただちに三上《みかみ》刑事部長に、事情を説明し、地検にあと一週間、中西昭の起訴を待ってもらうことにした。

その日のうちに行われた捜査会議では、もちろん、亀井刑事が、長野県の姨捨駅で目撃した奇妙な人物について、その人間が、中西昭のアリバイになるかどうかが、話し合われた。

誰もが神経質になっていた。

捜査会議が始まると、すぐ部長の三上が、発言した。

「とにかく、亀井刑事が姨捨駅で目撃した、この奇妙な人間を一刻も早く見つけ出すことが必要だ。そうしなければ、話は先に進まないぞ」

「私も同感です」

と、十津川もうなずく。

「この奇妙な人間が、果たして、中西昭のアリバイに、なるかどうか、そのことから考えていきたい」

と、三上が、いった。

「この人物が、中西昭と全く、関係がないとすれば、彼のアリバイになる可能性が、あります。問題は、アリバイ作りのために、中西昭が、用意した人物かもしれません。その点を、注意して調べる必要があります」

と、十津川が、いった。

4

十津川は考える。

亀井刑事が休暇中、篠ノ井線の姨捨駅で目撃した奇妙な人物が、中西昭にとってアリバイの証明になるかどうかをである。

捜査会議が開かれ、十津川が自分の考えを説明した。

「この人物が、中西昭と何の関係もない人間であり、たまたま偶然、三月十日の夜の列車の中で、出会ったとして、中西昭が、それを、自分のアリバイの証明に、使ったとすれば、その効果は、たしかにあると思います。それに中西昭が主張した時、我々が否定した弱味があります」

「しかし、それでも一つや二つ、疑問は残るだろう?」

と、三上が、いった。

「たしかに、本部長のおっしゃるとおりです。中西昭が、突然、この奇妙な恰好をした人間のことを口にした時、われわれは二週間にわたって、この人物を、徹底的に捜しました。中西自身、飯田線の無人駅『沢』に、その日、三月十日にいて、そのあと、下りの列車に乗ったら、問題の人間がいたと主張しているので、その周辺については、長野県警にお願いをして念入りに調べました。しかし、誰一人として、この人物を目撃したと証言する人間は見つかりませんでした。こんなにはっきりとした、特徴のある人間なのに、どうして見つからないのか、私には、それが大きな疑問でした」

「そのことを、君は、どう、解釈したのかね？」

「二通りの可能性を、考えました。想像できることの一つとしてこの人物が体調を悪くして、家に引きこもって動けないのか、入院していたかで、列車に乗ったり、外を出歩いたりできない状況にあるのではないかということも考えました」

「確かにそういうこともあり得るね。それで、もう一つの可能性は？」

「この人物が、例《たと》えば、鉄道マニアで、しばらくの間、外国に行って、外国の鉄道を見て回っていたという、可能性です。外国といっても、ヨーロッパや、シベリアなどではなくて、韓国、中国、あるいは、台湾やインドネシアなどの、比較的近くの外国に出かけていて、向こうで写真を撮っていたのではないかと考えました。とにかくこの人物が見つかって、証言を得ることができれば、中西昭にとってアリバイになるのではないかと考えました」

「逆に、アリバイにはならない、つまり、中西昭が、自分のアリバイのために、作り上げた人物ということになるのだが、その点については、いったい、どんな考えを持っているのか、それを聞かせてもらいたいね」

と、三上が、いった。

「その時は、こう考えました。中西昭がいうような人物は、存在しない。つまり、でっち上げの可能性が、かなり高いのではないかとです」

「中西昭が、前もって、アリバイ作りに、奇妙な人物を作り上げておいた。君は、そう考えたわけだね？」

「そのとおりです。あの時は、これだけ捜しても見つからないのは、架空の人物じゃないかと考えました」

「ところが、実在した。となって、君は、中西昭が、この奇妙な人物をあらかじめ、用意しておいて、その人間をアリバイの証明に使おうとしている。その可能性が高いと考えているようだが、その理由は、いったい何かね？」

三上がきく。

「これは、あくまでも、私の感覚的なもので、根拠は、何もないのですが、構いませんか？」

「構わないよ。話したまえ」

「第一にこの奇妙な人物が、いかにも作られた人間だという印象が、どうしても、ぬぐえないのです」

「それでも、われわれは、二週間、この人物を捜したわけだよね？」

「そのとおりです」

「しかし、結局、見つからなかったわけだよ。そのことを、どう解釈するのかね？　もし、あらかじめ自分のアリバイを証明するために、中西昭が、用意しておいた人間だとすると、どうして、二週間も捜したのに、見つからなかったんだろう？　普通に考えれば、すぐ見つかるようにしておくんじゃないかね？　そのほうが、自分にとって有利になると、私なら考えるんだがね」

「私も、最初は、今、本部長がおっしゃったのと、同じような考えを持ちました。せっかく、アリバイ工作のためにあらかじめ用意しておいた人間ならば、わざと、あちらこちらと動き回って、すぐに、見つかるようにしたほうがいいのではないのか、そう思いました。二週間捜したのに、見つからなかったために、われわれは、中西昭を送検することを決めました。こうなってしまうと、何のために作り上げた人間なのか、分からなくなってしまいます」

「その考えは、変わったのか？」

「いいえ。ただ、ここに来て、少し考えが変わったところもあります」

「どういうふうに変わったのかね？」

「この不思議な人物は、やたらに目立つ恰好をしていますが、捜してすぐに、見つかってしまっては、かえって、怪しまれると、中西昭は、考えたのではないでしょうか？　われわれが一所懸命捜したのに、なかなか、見つからないほうが、いかにも本当らしいのではないか？　そう考えたのではないかと、今、私は思っています。二週間も見つからなかったため、われわれは送検しました。一見すると、役に立たない証人だと、思われますが、その後、どこかで偶然見つかったほうが、劇的だし、真実らしく見える。中西昭は、そう、考えたに違いないのです」

「本当らしく見せるために、二週間、わざと、見つからなかったと考える。そうだな？」

「そうです」

「だとすると、この奇妙な証人は、われわれが捜している間、どこかに隠れていたということかね？」

「多分、そうではないかと、思います。警察が捜し始めたら、二週間くらいの間は、どこかに、隠れているように、最初から計画していたのではないかと考えます。その後、全く偶然の形で、この不思議な人物が見つかったことにすれば、中西昭のアリバイは、逆に完璧なものになると、考えていたに違いないと思います」

「君の考える通りとして、もし、見つからなかったら、連中は、いったい、どうするつもりだったんだろう？　亀井刑事自身が姨捨駅に行ったのも、たまたまのことで、全くの偶然だったんだろう？　たしかに、そこで亀井刑事は、問題の人物を発見した。しかし、もし、この偶然の出会いが、失敗していたら、これまでと同じく、われわれは、こんな不思議な人物は、実在するはずがないと考えて、地検に頼んで、早く、起訴してほしいと要請してしまうだろう。それでは、せっかくの作られた証人が、何の役にも立たないことになってしまうじゃないか？」

三上部長は、少しばかり、腹立たしげに、いった。

「もし、このまま問題の人物が見つからない場合は、おそらく、公判中に、見つかるように仕向けたと思います。そのくらいの自信と余裕を持っているのが、中西昭だと、考えます」

「そうだね、裁判になってしまったら、なかなか、中西昭を、無罪にはできないだろう。今、君がいったように、弁護側の誰かが、今回の、亀井刑事のように、姨捨駅で見つけたことにして、裁判で弁護側の証人として出廷させる。たしかに、衝撃的な公判にはなるだろうが、そこまで、証人が見つからないとなったら、あらかじめ用意しておいたこの奇妙な人物も、弁護側の証人としては、使えなくなってしまう恐れもあるんじゃないのかね？　例えば、交通事故で急死してしまうことだってあるし、心変わりするケースだってあり得るからね。そうなれば、中西昭が苦労して、用意しておいた証人は、無駄になってしまうじゃないか？」

「たしかに、そのとおりです。したがって、私は公判前に、問題の人物が、発見されるように、計画していたと考えます」

と、十津川が、いった。

「それからもう一つ、どうにも理解できないことがある」

「どういうことでしょうか？」

「せっぱつまったら、多分弁護士の誰かが、この人物を、発見することにするんじゃないのかね？　そうしたら、誰もが一応、疑うんじゃないのか？　あらかじめ作っておいた証人を弁護士の一人が、発見した。少しばかり話ができすぎていて、おかしいじゃないかと考えられてしまう。その点を、中西昭は、どう、クリアするつもりだったんだろう?」

　と、三上が、きく。これには亀井が答えた。

「いちばんいいのは、今回のように、刑事の私が偶然の形で、問題の人物を、発見することです。間違いなく信用されますから。しかし、私が、篠ノ井線の姨捨駅で、この人物を発見したのは、どう考えても偶然です」

「君も、今の亀井刑事と、同じことを考えているのかね?」

　三上が、十津川を見た。

「考えています。ただ、偶然かもしれませんが、作られた偶然ということも、考えられます」

「しかし、偶然を計画し、作り上げるというのは、かなり難しいのではないのかね? そこを中西昭が、どう考えて、どう実行に移すつもりだったのか。それが分かれば、今回の奇妙な恰好の証人は、中西昭が、前もって作っておいた人間ということが、はっきりするんじゃないのかね?」

　と、三上が、いった。

「部長、誠に申し訳ありませんが、今日一日、考えさせていただけませんか? 私としては時間をかけて、じっくり考えてみたいのです」

　と、十津川は、慎重に、いった。

　十津川は三上部長の名前で、各新聞社の記者に集まってもらい、問題の人物に対する紙面での、呼びかけを頼んだ。

　次に、中西昭の弁護人にも、来てもらい、弁護人からも各新聞社に協力を要請する形にしてもらった。そのほうが、問題の人物が捜査本部に、来やすいと考えたからである。

　その日の、夕刊各紙に、その呼びかけが載《の》った。

〈この写真に写っているあなたに、大至急、警視庁の捜査本部に、来ていただきたいのです。

現在、殺人容疑を、かけられている、ある人間の裁判が、開かれようとしています。あなたの一言が、この被告人を助ける可能性があるのです。

これをご覧になったら、ぜひ警視庁に連絡を取ってください。よろしくお願いいたします〉

これが、弁護士の名前で新聞各紙に載った、呼びかけだった。

もし、この人物が、あらかじめ、中西昭が用意しておいた証人だったとすれば、新聞の呼びかけに対して、必ず姿を現わすだろうと、十津川は、読んでいた。

翌日の午後になって、十津川の予想どおり、この奇妙な恰好をした人物から警視庁に、連絡の電話が入った。


今からこちらに来られないかというと、その人物は午後二時を過ぎてから、弁護士に同道されて、警視庁に出頭した。

彼は、十津川の質問に対して答えた。もちろん、弁護士同席である。

「名前は、岡野和義《おかのかずよし》です。今年で、三十歳になります」

「岡野さんは今、どこに、住んでいらっしゃるんですか？」

「東京の江東区《こうとう》です」

十津川と岡野が、差しさわりのないやり取りを続けたあとで、三上部長が、いきなり、

「これは一応、念のために、お聞きするんですが、あなたは、中西昭さんという人を、知っていますか？」

と、きいた。

「中西昭さんといえば、たしか、若者に人気のあ

る、大学の先生でしょう？　時々、テレビや雑誌で目にしているので、知っています」

と、岡野が、答える。

「新聞にも書いてあるように、あなたの証言が一人の人間の将来を決定してしまいます。殺人容疑のかかっている人物ですが、あなたの証言によっては、無罪になるかもしれませんし、逆に、刑務所行になるかもしれないのです。ですから、事実だけを答えていただきたいのです。よろしいですか？」

「はい」

「三月十日の午後九時から十時の間ですが、あなたは、どこにいらっしゃいましたか？」

と、十津川が、聞いた。

「ちょっと待ってください。今、確認してみます」

と、いって、岡野は、ポケットから手帳を取り出すと、それを見ていたが、

「分かりました。ええ、たしか三月十日のその時間だと岡谷《おかや》行の飯田線に乗っていました。豊橋《とよはし》十四時四十二分発の岡谷行です。岡谷では、一泊しました」

と、手帳を見ながら答える。

「その列車に、中西昭さんが、『沢』という無人駅から、乗ってきたはずですが、覚えていますか？」

と、きくと、岡野は、ニッコリして、

「覚えていますよ。今いったように、テレビによく出てくる有名人だし、本も読んでいるので、サインして貰いましたよ」

と、手帳を見せた。

そこには、間違いなく、

中西昭　三月十日夜、
　　　　飯田線の車中にて

と、書かれていた。

「この日、何の用で、豊橋から、岡谷行の飯田線に乗られたんですか？」

と、十津川が質問を続ける。

「旅行です。旅行が好きなんです。ひとりでゆっくり鈍行《どんこう》での旅行が好きなんです」

「何か旅行のグループに入っていますか？」

「いや。今もいったように、ひとりが気楽なので、グループには、入っていません」

「岡谷で、何というホテルに泊まられたんですか？」

「ビジネスホテルです。ホテルニュー岡谷です」

「その恰好で、チェック・インしたんですか？」

と、十津川が、きいたのは、県警に、飯田線沿線を調べてもらったが、岡野和義が、見つからなかったからである。

岡野は、笑って、

「この恰好だと、ホテルによっては、断わられることがあるので、帽子はとって、チェック・インしました。この帽子をかぶっているといないとでは、ずいぶん、相手に与える印象が違うんですよ」

と、いった。

時刻表によれば、岡野が乗った豊橋発一四時四二分岡谷行の普通列車の「沢」駅発は二一時一一分(午後九時一一分)である。すぐ降りても、午後十時までに、東京麴町のマンションに行き、殺人を犯すのは、まず、無理である。

もう一つ、ホテルニュー岡谷の電話番号を調べて確認すると、確かに、三月十日の泊り客の中に、岡野和義の名前があった。

十津川は、もう一度、岡野和義に、確認した。

「中西昭さんに、初めて会ったのは、三月十日の夜の飯田線の中だったんですね？」

と、きくと、岡野は、

「その通りです」

「旅行を楽しむグループがあって、そこで、中西昭さんに、会っていたということは、ありませんか？」

と、十津川は念を押した。

「ありません。今もいったように、私は、どんなグループにも入っていませんから」

と、岡野は、くり返した。

十津川が、旅行グループに拘《こだ》わったのは、問題が、岡野と中西の関係だったからである。

二人が、事件の前からの知り合いだったら、岡野によるアリバイは、弱くなるが、全く知らない同士だったら、ちゃんとしたアリバイになるからだった。

十津川は、岡野和義という男を、徹底的に調べた。

起訴を一週間延ばしてもらっているので、その一週間の間に結論を出す必要があった。

岡野和義が生れたのは、埼玉県の秩父《ちちぶ》で、両親は今も、秩父で小さなパン屋をやっている。

岡野が、妙な恰好をするようになってから、両親との縁が切れた感じだという。

岡野は、地元埼玉の高校を出たあと、上京、四谷《よつや》にあった劇団クレイジイ・キャットに、入った。男が女になり、女が男になるという奇妙さが売り物で、岡野が男とも女ともつかぬ恰好をするようになったのは、その頃からだという。

現在、この劇団は、解散しているが、岡野の奇妙な恰好は、そのままで、それが面白いということで、アルバイト的な仕事はあるのだという。

刑事たちが、元劇団員に、会って、話を聞くと、

「岡野さんに会うと、もう一度、クレイジイ・キャットを始めたいと、よくいってますよ。そのために、少しずつ、資金をためているとも、いってました」

と、誰もが、いった。

彼らは、劇団をやめたあと、平凡なサラリーマンになったり、家業を手伝ったりしているのだが、岡野のように、奇妙な恰好をしている者は、いなかった。

「だから、彼が、一番劇団に合っていたんだと思う」

と、いうのである。

「岡野さんは、もう一度劇団を始めたいので、お金をためているといったんですね？」

「ええ。小さな劇団でも、始めるとなると、お金がかかるんです」

「どんなことをして、お金をためているのか、話しましたか？」

「詳《くわ》しいことは、教えてくれなかったけど、その気になれば、意外にお金になるんだと、そんなことを、いっていましたね」

「岡野さんの口から、三月十日以前に、中西昭という名前を聞いたことはありませんか？」

「いや。聞いていません」

「最近、岡野和義さんに会いましたか？」

最後に、十津川が、きくと、元劇団員たちは、一《いち》様《よう》に、

「会っていません。消息も聞こえてこなくて、心配していたんですよ」

と、いった。

十津川たちが、岡野和義の訊問《じんもん》に、当たらない時は、弁護人たちが、彼から話を聞いていた。もともと、弁護人側の証人だから、当然だろう。

十津川にとっても、重要な証人なので、東京のMホテルに、泊るように、指示してあった。そのホテルから、突然、岡野和義が、姿を消してしまったのである。

その日、岡野は、フロントに「夕方には帰ってく

る」といって外出したが、そのまま、夜になっても、帰って来なかった。

「事件の大事な証人だから、ホテルから、外出する時は、こちらに、行先をいっておいてください」

と、十津川は、岡野に、いってあったのだが、それもなくての失踪《しっそう》だった。

十津川は、弁護人側の計画と、断じた。

岡野は、呼びかけに応じて姿を現わしたあと、中西昭にとって、有利な証言を繰り返した。彼の証言が正しければ、中西昭は、無実である。

十津川が、岡野を訊問する時も、弁護士が同席して、録音していた。

「弁護人側は、中西昭に、有利な岡野の証言を、大量に録音したはずです」

と、十津川は、三上刑事部長に、報告した。

「それで、岡野が、不利な証言をする前に、姿を消すように、指示したんだと思います」

「このままの状況で、公判が、始まるわけか?」

と、三上は、眉をひそめた。

「そうです。このままなら、弁護側に有利になります」

「急いで、捜して、見つけられないか?」

「今、刑事たちが、捜していますが、全く、手掛りは、ありません」

「弁護人側は、何ていってるんだ?」

「一応、電話したところ、警察が、隠したんだろうといっています」

「どうして、われわれが、隠すんだ?」

「向こうに、いわせると、裁判になれば、弁護側に有利な証言をするだろうから、隠してしまったに違いないというわけです」

「何をバカなことを――」

「実は、弁護人と電話している間に、ひょっとすると、岡野和義を隠したのは、弁護人じゃないのではないかと、思いました」

「じゃあ、誰が、隠したんだ？」

「中西昭の仲間です」

「仲間？」

「中西昭といいたいんですが、彼は、今、拘置所《こうちしょ》ですから、彼の仲間となるんですが、もし、そうだとすると、これは、ちょっと、危ないなと思いました」

「危ない――か？」

「弁護人なら、岡野をどこかに隠すことはあっても、殺すことは考えられませんが、中西の仲間だとなると、もう、自分たちに有利な証言をたくさんしてくれたので、気持が変わらないうちに、口を封じてしまうことは、十分に考えられますから」

「そうだとしたら、まずいな」

と、三上の顔が、難《むずか》しくなった。


十津川の不安は、適中した。

岡野和義が、死体で発見されたのである。

場所は、奥多摩《おくたま》の林の中だった。ロープで首を絞められ、林の奥に、放り投げられた形で、発見されたのである。あの帽子は、死体の傍《そば》に捨てられていた。

死体が発見された時は、すでに死後十時間が経過していた。

知らせを受けて、十津川たちが、急行した。

死体が、捜査本部に運ばれてくる。その途中で、十津川は、弁護団のリーダー竹下《たけした》弁護士に、電話で知らせておいた。いってみれば、弁護団も被害者と考えたからである。

捜査本部で、竹下弁護士と顔を合わせた。

「犯人は、われわれでは、ありませんよ」

と、竹下がいった。

「わかっています。だから、お呼びしたんです」

「本当に、わかってくれているんですか？」

「弁護士さんだって、法の番人でしょう。法の番人が、殺人をやるはずがありませんからね」

「すると、誰が犯人だと警察は、考えているんですか？」

「中西昭です」

「彼は、拘置所ですよ」

「では、中西昭の分身です」

「分身？」

「中西と利害が一致する人間です。中西が、有罪になると、損をするといってもいい人間です」

「しかし、岡野和義が死んでも裁判は、開始されるし、その時には、われわれ弁護団は、中西昭のために全力をつくしますよ」

「もちろん、それでいいんです。ただ、検察側と、弁護団の間に、妙なものが入ってきた感じがするんですよ。その妙なものが、岡野を殺したと思っています」

「その人間は、何のために、岡野和義を殺したと思っているんですか？」

「岡野には、中西昭に有利な証言をしてもらう。それがすんだので、口封じに殺したんですよ。気が変わって、中西に不利な証言をしたら困るからですよ」

「どうも、まだ、犯人の姿がはっきりしないんですが」

と、最後に竹下弁護士が、いった。

その妙なものは、突然、姿を現わした。

「中西昭を守る会」というグループである。

代表の河原崎《かわらざき》英介《えいすけ》は、高級官僚から、代議士になって一年生の男だった。彼が初めて立候補した時、応援演説で、助けたのが、中西だった。二人が、共著で『現代日本の将来』という本を書き、ベストセラーになっている。

河原崎英介を代表者とする「中西昭を守る会」の名前で、大きく、新聞広告が、載ったのである。

〈中西昭さんは、無実である。検察が起訴の一週間の延期を提案したのが、その証拠である。検察は、姑息《こそく》な引延ばしなど止《や》めて、直《ただ》ちに、釈放すべきだ〉

十津川は、解決を急ぐべきだと感じた。「中西昭を守る会」は明らかに、有利な条件が出来たと感じて、名乗り出てきたのだ。

十津川は、刑事たちを集めて、檄《げき》を飛ばした。

「岡野和義は、死んでしまって、もう、何も喋《しゃべ》れない。中西昭にとって、有利な証言だけを残して口を閉《と》ざしてしまった。しかし、私は、岡野が嘘《うそ》の証言をしたと思っている。彼は、クレイジイ・キャットという劇団にいて、その劇団がつぶれてしまった。その劇団を復活させたい。そのために、資金をためていた。多分、その資金を用立ててやるといわれて、今回の芝居を引き受けたんだろう。岡野が、誰かに、それを話している可能性がある。その人間を捜し出すんだ」

十津川の言葉に対して、亀井刑事がいった。

「私も、そんな人間がいないかと思って、岡野和義の周辺を調べたんですが、彼は三十歳で、独身です。両親は、今も埼玉県内で健在、パン屋をやっていますが、岡野が、妙な劇団に入り、その上、今も奇妙な恰好をしているのに腹を立てて、絶縁状態でした」

「彼女はいないのか？　三十歳で、独身なら、彼女の一人ぐらいは、いるんじゃないのか？　もし、いたら、連中より早く見つけて、保護する必要がある」

十津川の指示で、刑事たちは、一斉に、岡野和義の恋人捜しに散っていった。

最初に、電話してきたのは、西本《にしもと》と日下《くさか》のコンビだった。

「岡野和義の恋人の名前が、わかりました。タカコです。どんな字を書くのかわかりません」

と、西本が、いう。

「間違いないのか？」

十津川が、念を押した。

「例の劇団、クレイジイ・キャットに、劇場を貸していたオーナーに聞いたところ、岡野和義は、あまり、自分のことを喋らなかったそうですが、一緒に飲んだとき、ポロッと、彼女の名前を洩《も》らしたというのです。それが、タカコだったそうです」

「どんな女性なんだ？」

「オーナーは、その後、岡野に、しつこく聞いたが、全く、教えてくれなかったと、いっていました。だから、岡野は、よほど、秘密にしていたんじゃないかといっています」

「とにかく、恋人がいたことが、わかっただけでも、一歩前進だ。君たちは、岡野の住んでいたマンションに行って、管理人に聞いてみてくれ。それらしい女性が、岡野を訪ねて来たことはないかどうかだ」

と、十津川は、いった。

十津川は、他の刑事たちにも、今のニュースを、知らせた。

「岡野の彼女の名前は、タカコだ。どんな字を書くのかわからないが、この名前で、聞き込みをやってくれ」

十津川が、刑事たちに、伝え終ったとき、岡野のマンションに回った西本たちから、電話が、入った。

「管理人に話を聞いたところです」

と、日下が、いう。

「それらしい女性の話は、聞けたか?」

「駄目《だめ》でした。このマンションですが、管理人は、契約会社から派遣《はけん》されていて、午前九時から、午後五時までの勤務なので、女が夜、訪ねてきていれば、管理人には、わからないわけです」

「収穫なしか」

「これから、管理人に開けてもらって、もう一度、岡野のいた部屋を調べてみようと思います。タカコの痕跡がつかめるかも知れませんから」

と、西本が、いった。

亀井刑事からの電話も入った。

「私は、今、下北沢《しもきたざわ》にいます。岡野が、クレイジイ・キャットにいた頃、この劇団のメンバーが、よく行く居酒屋が、下北沢にあるというので来てみました。小さな居酒屋ですが、オーナーが、岡野和義のことを覚えていました」

「それで、その居酒屋に、岡野がタカコと来たことはあるのか?」

「残念ながら、オーナーは、岡野が女性と一緒に、店に来たことはないと、いっています」

「残念だな」

「オーナーの話では、私よりも先に、岡野の女のことを聞きに来た男が、いたそうです。名前はいわなかったそうですが、どうも、例のグループの代表、政治家の河原崎英介の秘書の一人のようです」

と、亀井が、いう。

「それで、その男は、タカコという名前も知っていたのか?」

「知っていたようです。居酒屋のオーナーに、タカコという名前を、聞いたことはないかと、聞いたそうです」

「向こうも、タカコを捜しているのか」

「と、いうことは、岡野和義の証言が、嘘ということですよ。それが、わかってしまうのを恐れて、岡野の彼女を捜しているんだと思います」

と、亀井は、いう。

「こうなると、どっちが先に、岡野の彼女を見つけるかだな」

「連中が、先に見つけたら、間違いなく、口を封じてしまいますね」

「そこまでするとしたら、『守る会』と、中西には、悪い、つながりが、あるのだろうな。勝てれば、いいんだが」

と、十津川は、いった。

何しろ、相手は、岡野和義を、多分、大金を使って、買収したのだ。その時に、岡野のことを、調べたはずである。彼女がいることや、その名前も、その時に、聞いただろう。

と、すれば、彼女捜しのこのレースでは、向うのほうが、一歩先を行っているに違いないと、十津川は思い、少しばかり弱気になっていた。

刑事たちに、ハッパをかけ続けているのだが、いっこうに、タカコという岡野の彼女は見つからなかった。

ところが、意外なことに、「中西昭を守る会」のほうも、なかなか、岡野の彼女、タカコを見つけられずに、いる様子だった。

彼らの代表、河原崎代議士の自宅や、衆議院の議員宿舎を、十津川は、見張らせていた。連中が、タカコを見つけたとわかったら、「中西昭を守る会」ごと、押さえてしまうことを考えていた。「守る会」の、罪も、問わなければ、ならない。

とにかく、タカコが見つかったら、何としてでも、「守る会」に、殺させてはならないと、思ったのだ。

十津川たちも、必死で、タカコを、捜した。が、「守る会」のほうも、必死だとわかった。河原崎英介は、十二人の秘書を抱《かか》えているのだが、その十二人全員が、岡野の彼女を捜し廻っているのがわかったからである。

そのうちに、連中が、東京都内の私立探偵まで雇《やと》ったらしいという話を、聞いた。

ところが、それでも連中が、タカコを見つけたという話が、聞こえてこないのである。

「タカコという女は、実在しないのではないか」

と、いい出す刑事も出てきた。岡野と、関係のある場所や、人間をしらみつぶしに、連中は調べている。十津川たちもである。

しかし、刑事たちも見つけられないし、「守る会」の連中も、いっこうに、タカコを見つけられずにいた。

突然、十津川は、聞き込みに動いている刑事たちを、呼び戻した。

集まった刑事たちに向って、十津川は、急に呼び戻した理由を話した。

「これだけ、必死で捜しても見つからない。われわれもだが、『守る会』の連中も、見つけられずにいる。何か、おかしい」

「それでは、警部は、タカコという女性は、架空のものだといわれるんですか？」

と、刑事の一人が、きく。

「いや。架空の女性とは、思っていない。タカコは、実在するはずだ」

「それなら、なぜ見つからないんでしょうか？」

刑事の一人が、きく。

「君たちは、なぜ、見つからないと思うかね？」

逆に、十津川が、きき返した。

刑事たちは、黙ってしまう。そんな刑事たちに向って、ここから、自分の考えを、ぶつけていった。

「いっこうに、見つからないので、私は、少し飛躍した考えを持つことにした。どうしても見つからないのは、タカコという女性は、存在しないからだと考えてみた」

「しかし、警部は、架空の女性ではないと、いわれたはずですが」

「岡野の彼女がいないとはいっていない。タカコという女性はいないといったんだ」

「そうだとすると、別の名前だということですか？　そうなると、その名前を見つけるのが、大変ですが」

「タカコという名前は、下北沢の劇場のオーナーに、答えているんだ。大事な相手に、嘘をつくとは、思えない。だが、見つからない。そのどちらの疑問にも答えることのできる理由を考えてみたんだよ。それが、岡野和義はゲイではないのかということなんだ。だとすると、タカコは、女性ではなくて、男性ではないかということだよ」

「しかし、タカコですよ。コがついているんです。女性の名前と考えるのが、普通じゃありませんか？」

「私が、まだ、二十代の頃に、こんなことがあった。マンションに住んでいたんだが、猫や犬を飼うことは禁止だった。ところが、その時私は、友だちに子猫をもらってね。どうしても飼いたかった。そこで、猫の名前を考えたんだ。ミーコなんて名前をつけて、『ミーコ、ミーコ』と呼んでいたら、すぐ、管理人や家主に、猫を飼っていることがわかってしまう。そこで、子猫を、『みちこ』と、いう名前にした。『みちこ、みちこ』と呼んでいれば、人間の子供を呼んでいると思うだろう。そう思ったんだよ」

と、十津川は、いった。

「つまり、コを取ったのが、本名だというわけですか？」

「私は、そう考えたんだ。岡野は、ゲイだと知られるのが、嫌だったんだと思う。だから、劇場主に聞かれた時、名前の下にコをつけた。それだけで、相手は、女性だと思ってしまう。岡野は、その時、その狙《ねら》いで、名前の下に、コをつけたと、私は、考えた」

「すると、相手の名前は、『タカ』ですか?」

「あるいは、タカちゃんか。だから岡野は、劇場主を欺《だま》したという気はなかったんだと思うよ」

と、十津川は、いった。

「では、これからすぐ、タカコという女性ではなく、タカあるいはタカちゃんという男性を捜しましょう。連中も、われわれと同じことに、気がつくかも知れませんから」

と、亀井が、いい、再び、刑事たちは、飛び出していった。

今度は、逆に、「守る会」を、一歩リードする形で人捜しを始めた。


タカではなく、タカちゃんのほうに、収穫があった。

埼玉県で、今もパン屋をやっている岡野の両親に会いに行った西本と日下が、こんな話を聞いたと連絡をよこしてきたのである。

「岡野和義が、生れつきのゲイだったことは間違いありません。彼の両親は、そのことに悩み、結果として、親子断絶してしまったことは、事実でした。本モノのゲイだったことは間違いないようです」

と、西本が、十津川に報告した。

「問題のタカちゃんは、まだ見つからないのか?」

「まだ、見つかっていませんが、タカちゃんについて、いろいろと、わかってきました。岡野和義が劇団クレイジイ・キャットの役者で、下北沢の劇場に出演していた頃、よく見に来ていた客の一人です。タカちゃんと呼ばれていたが、本名は、高野《たかの》らしいです。その時、彼は、岡野和義のファンで、二人とも、ゲイだったとわかって、他の劇団員には、内緒で、付き合っていた。だから、二人の仲は、バレることがなかったということです」

と、西本が、いう。

「それで、今、その高野は、どこにいるか見当はつかないのか？」

「彼は、岡野が、殺された直後に、姿を消しています。恐らく、自分も危ないと思って、消えたんだと思います」

「そうなると、岡野が、高野に、正直に、いろいろ打ちあけている可能性があるな」

「同感です。ですから、連中より、早く高野を見つけなければなりません」

「見つけられる可能性があるのか？」

「岡野の両親から高野の故郷を、聞きだせましたから、これから、東京駅に向い、東北新幹線で仙台《せんだい》へ行くつもりです。ただ、私たちは尾行されているので、東京駅でそいつらをおさえてください」

「わかった。これから、田中《たなか》と片山《かたやま》の二人を、東京駅に向わせる」

と、十津川は、いった。

報告を終えた西本と日下の二人は、西武《せいぶ》線と地下鉄を乗り継いで、東京駅に向った。

「相変わらず、つけられているよ。中年の男二人だ」

と、小声で、日下が、いった。

西本は、ケイタイを、田中刑事にかけた。

「今、どこだ？」

「車で、東京駅に向っている。あと五、六分で、到着する」

「東北新幹線に乗る。尾行しているのは、中年の男が二人。一人は、グレーの背広、ネクタイは、ない。身長一七五、六センチ。やせ形だ。もう一人は、一六五、六センチ。小太り。チェックの上衣《うわぎ》。

二人ともサングラス」

「了解」

西本と日下は、東京駅に着くと、東北新幹線「やまびこ55号」の切符を買った。仙台までの切符である。

22番ホームに向って、改札を通る。中年の男の二人連れが、同じ改札を抜けようとしたとき、田中と片山の二人の刑事が、その前に立ちふさがった。警察手帳を見せて、

「お二人を、窃盗《せっとう》容疑で、逮捕します。われわれと一緒に駅長室まで来てください」

「何をバカなことをいってるんだ?」

二人連れの片方が、声をあげた。

「待合室で、お二人に、十二万円入りの財布を盗まれたという人が、訴えてきているんです」

「関係ない!」

「とにかく、詳しい話を聞きたいので、駅長室に一緒に来ていただきたい」

「関係ないんだ! 出てしまうじゃないか。われわれは、あの列車に乗りたいんだ。出てしまうじゃないか」

「とにかく、簡単にすむので、同道してください」

「列車が出てしまうぞ!」

「抵抗すれば、公務執行妨害で逮捕します」

「あッ、出てしまったじゃないか。どうしてくれるんだ?」

「とにかく、一緒に駅長室まで、来てください」

と、田中は、わざと、ねちっこく、二人にいった。

腕をつかんで、新幹線の駅長室に、二人を連れて行った。

そのあと、片山刑事が、

「少し待ってください。今、あなた方を訴えた被害者を呼びますから」

といい、駅長室の外に出て、二人は、十津川に、連絡した。

「今、西本、日下の二人が、やまびこで、仙台に向いました。尾行していた中年男二人は、駅長室で、もっともらしく訊問《じんもん》をするつもりです」

「静かにやれ」

と、十津川が、いった。

田中と片山は、わざと、ゆっくり駅長室に戻った。案《あん》の定《じょう》、二人の男は、姿を消していた。

「止めようとしたんですが、何しろ、すごい見幕《けんまく》で」

と、駅長が、申しわけなさそうにいう。

「いや。名前、住所など聞いているので、もう一度、逮捕します。ご協力、感謝します」

と、田中がいい、二人は、駅長室を出た。

十六時三十七分。定刻に、「やまびこ55号」は仙台に到着した。


二人の刑事は、タクシーに乗ると、まっすぐ、「仙台　かき一番」という料亭に向った。問題のタカちゃんが、その店で働いていると、聞いていたからである。

広瀬川《ひろせがわ》に面した、大きなかき専門の店だった。ここで、彼は、仕入れのトラックの運転手をやっていた。住込みの運転手である。

その店で、タカちゃんこと高野茂《しげる》に出会えた瞬間、二人の刑事は、ホッと、胸をなで下ろした。

取りあえず、十津川に、高野を確保したことを伝え、次に、近くのホテルに高野と、チェック・インした。

ホテルで夕食の時、岡野和義のことを聞くと、高野は、やおら、ポケットから、小型のボイスレコーダーを取り出した。

「これは、岡さんから、預かったものです。自分に何かあったら、これを警察に渡してくれといわれたんですが、あたしは怖《こわ》くなって、ここに逃げてしまったんです」

と、いう。

二人が「再生」のボタンを押すと、中西昭と、岡野和義の会話が、聞こえた。

中西が、まず、岡野が所属していた劇団クレイジイ・キャットを讃《ほ》めあげ、もし、よければ、資金援助をしたいといい、岡野がお礼をいって、一回目の話し合いは、終っている。

二回目は、中西は、もう少し具体的に、クレイジイ・キャットの再建についての援助を話している。そして、その話のあと、実は、頼みたいことがあると、つけ加えているが、具体的な話にはなっていなかった。

用心深いのだ。多分、何回も会って、岡野和義が、自分の思い通りに動く人間かどうか、推《お》し測《はか》っていたのだろう。


ボイスレコーダーを聞いていくと、結局五回目の話し合いで、岡野が承知し、中西は、前金として五百万円、後金として五百万を約束している。

「この一千万円は、どうなったんですか？」

と、田中が、きいた。

今度も、高野は、黙って、五百万の札束を、バッグから取り出した。

「岡さんは、最後まで中西という男を信用してなかったんですよ。だから、前金の五百万が振り込まれると、すぐ、下ろして現金を、あたしに預けたんです」

「後金の五百万は？」

片山が、きくと、高野は小さく笑って、

「向うも、結局、岡さんを信用できなかったんでしょうね。後金の五百万を払う代りに、岡さんを永遠に黙らせることにしたんですよ」

と、いった。

「中西が、どうして、岡野さんを知っていたんでしょうか？」

「岡さんの話では、たった一回、中西が、クレイジイ・キャットの公演を見たことがあったらしいのです。その頃から、岡さんは、あんな恰好をしていたので、中西は、強く印象に残っていたんじゃありませんか。とにかく、目立つ証人が欲《ほ》しいと思った時、岡さんのことを、思い出したみたいです」

「最後にもう一つ。姨捨駅で岡野さんが、偶然のように、亀井刑事と出会っていますが、どうやったのか、聞いていませんか？」

「岡さんから聞いたんですが、連中は、何とかして、事件を担当した刑事さんと、岡さんを偶然に見せかけて、出会うようにしたいと、狙っていました。そこで、担当刑事さんの性格や趣味を調べたそうです。亀井さんの趣味が旅行だということもわかった。その亀井さんが、二日間の休みを取ったので、亀井さんを、標的に決め、尾行したそうです。旅行に出かけたと、わかったので、亀井さんの家に電話をかけ、古い友人を装《よそお》って、至急会いたいといったところ、お子さんから、姨捨駅に行ったと聞いて、すぐ岡さんに、例の恰好をさせて、姨捨駅に先廻りさせたと、いっていました」

と、高野がいった。これは、意外に簡単だったという。

「これが上手《うま》くいかなかったら、連中は、どうするつもりだったんですかね？」

「これも、岡さんが、いってたんですが、最後には、連中が、苦心のすえ、岡野和義を発見した形で、弁護側の証人として、出廷させることになっていたそうです」

すでに、深夜である。それでも、二人の刑事は、高野の話と、五百万円の現金のことを、十津川に伝えた。

その報告が終ると、十津川が、いった。

「実は、ここに、今回の公判を担当する予定の佐々木《ささき》検事が来ておられたんだ。公判の前に、何とか自信を持ちたいといわれてね。そこに、君たちの電話が入った。ありがとうといわれて、今、帰られた」

下呂《げろ》温泉で死んだ女

初出＝「問題小説」一九八四年六月号
収録書籍＝『十津川警部　湯けむりの殺意』徳間文庫　二〇〇八年四月

1

下呂《げろ》温泉は、名古屋の奥座敷といわれている。

特急を利用すれば、名古屋から、二時間と二分で着く。

その他、岐阜からは、各駅停車の列車が出ている。高山《たかやま》本線は、単線で、電化されていないので、下呂温泉を通る列車は、全て、気動車《きどうしゃ》である。

各駅停車の列車だと、岐阜から二時間十四分で、下呂に着く。

列車は、飛驒川《ひだがわ》の渓谷に沿って走るので、その素晴らしい景色を見るだけでも、眼の保養になるだろう。

その日、三両連結の高山行の普通列車は、定刻の一三時二九分に下呂駅に着いた。

高山本線といっても、いわばローカル線なので、特急列車以外の普通気動車は、形式の違う車両を、三両つないでいる。

赤一色の車両の他に、ツートンカラーの車両が連結されたりしていた。

下呂温泉で、大部分の乗客がおりた。

この列車は、小京都といわれる高山まで行くのだが、高山の町へ行く観光客は、たいてい、特急「ひだ」か、高山本線へ乗り入れている名鉄《めいてつ》の特急列車「北アルプス」を、利用するからである。

二分停車で、列車は、下呂駅を出発した。

すぐ、飛驒川にかかる鉄橋を渡る。窓から見える河原に、温泉を汲《く》みあげる井戸が、いくつか見え、それぞれに、1号源泉、2号源泉と書かれている。各旅館は、その井戸から、温泉を引いているのである。

七分で、次の禅昌寺《ぜんしょうじ》に着く。

一日の乗降客が三十人程度の駅だから、もちろん、無人駅である。

飛騨萩原《はぎわら》、上呂《じょうろ》と、停車して行くが、ほとんど、乗客の乗り降りはない。

小さな盆地を走っていたのが、次の飛騨宮田《みやだ》で、再び、両側から山が迫ってくる。

飛騨小坂《おさか》の駅では、リュックサックを背負った若者が三人、二両目の車両に乗り込んで来た。

この小さな駅は、御嶽山《おんたけさん》への登山口になっているし、麓には、濁河《にごりご》温泉があるので、この若者たちは、御嶽山からおりて来たのだろう。

いずれも、学生らしい男二人に、女一人の三人連れである。

「ずいぶん空《す》いてるな」

「高山まで、何分ぐらいで着くの？」

「四十分ぐらいじゃないか」

「とにかく、座ろうや」

そんな会話が交《か》わされていたが、突然、若い女が、

「わあッ」

と、悲鳴をあげた。

「どうしたんだ？」

と、きいた男も、すぐ、顔色を変えてしまった。

三人が座ろうとした座席のそばに、三十二、三歳の女性が、身体を横にしていたが、その胸のあたりから、真っ赤な血が流れていたからである。

三人が、声を失って、眺めている間も、血は、少しずつ、流れ続けて、その血が、床を染めていた。

その車両には、他に、五、六人の乗客が乗っていたが、まだ、死体に気付かない様子で、窓の外を見たり、眠ったりしている。

列車のスピードが落ち、次の渚《なぎさ》駅に着いた。

ここも無人駅である。

三人の中の一人が、「車掌に知らせてくる」と、三両目へ向って、駈けて行った。

列車が、渚を出たところで、車掌が、半信半疑《はんしんはんぎ》の顔で、青年と一緒にやって来た。

その車掌の顔も、たちまち、真っ青になった。

2

小さな駅では、警察もないので、終着の高山まで行ってから、警察に通報された。

岐阜県警の高山警察署から、パトカーが、高山駅に、駈け付けてきた。

死体を、座席に横たえたまま、何枚も、写真が撮られ、指紋の検出も行われてから、やっと、死体は、車両からおろされた。

被害者は、胸を二度刺されており、それが致命傷であった。

死体の傍で、シャネルのハンドバッグが見つかった。

高山署の刑事が、開けてみると、二十万円近く入っている財布、化粧道具、ハンカチ、キーホルダーなどに混って、運転免許証も見つかった。

免許証に貼られた写真から見て、本人のものであることは、間違いなかった。

〈明日香《あすか》　令子《れいこ》〉

と、名前があった。住所は、東京である。

ハンドバッグには、切符も入っていて、それは、下呂から、高山までになっていた。

リュックサック姿の三人の男女は、死体の発見者ということで、警察で、事情を聞かれた。

三人とも、名古屋の大学生で、御嶽山を登っての帰りに、飛驒小坂から乗ったのである。

高山へ行き、ここで一泊してから、名古屋に帰る予定だという。

三人は、死体の発見者とはいっても、飛騨小坂から乗って来て、発見したに過ぎないので、犯人についての情報は、全く得られなかった。

東京でのことは、警視庁に、捜査を依頼し、高山署の二人の刑事、小田《おだ》と河西《かわにし》はすぐ、下呂へ飛んだ。

下呂温泉は、日本の三大名泉の一つ、といわれている。正確にいえば、下呂では、そういっている。下呂、草津《くさつ》、有馬《ありま》が、三大名泉という。

二人の刑事は、下呂に着くと、殺された明日香令子の写真を持って、全てのホテル、旅館を、廻《まわ》ってみることにした。

五軒目のホテルで、フロントが、被害者を覚えていた。

二日間、泊っていたと、フロントは、いった。

「彼女は、ひとりで来たのかね?」

小田刑事が、きいた。

「はい。おひとりで、いらっしゃいました」

「しかし、この宿泊カードを見ると、二人になっているじゃないか?」

「はい、ツインの部屋を、というご希望でしたから、二人になっています」

「あとから、連れが来たんじゃないのか?」

と、もう一人の河西刑事が、きいた。

「ええ。客室係が、部屋から男の人の声が聞こえたといっていましたから、お連れの方が、見えたんだと思います。ただ、私どものところは、ホテルですので、連れの方を、とやかく、詮索《せんさく》することは、致しませんでした」

「誰か、その男を、見た者はいないのかね?」

「背の高い、四十歳くらいの男の方だということは、わかっています。ただ、それも、客室係が、うしろ姿を見た切りですので、顔までは、わかりません」

「チェック・アウトする時は、明日香令子と、その男とが、フロントに来たんじゃないのかね？」

「いいえ。支払いは、女の方おひとりで、すませて、出発なさいました」

「すると、連れの男は、徹底的に、顔を見せなかったわけだな？」

「はい」

「だが、その男は、下呂駅から一緒に乗って、高山行の列車の中で、被害者を刺し殺したんだ」

と、小田刑事は、舌打ちをした。

「しかし、どんな男か、顔も名前もわからないんじゃ、捜査のしようがないじゃないか」

と、河西がいう。

東京で、被害者のことを調べ、容疑者の名前があがって来るのを待つより仕方がなかった。

3

警視庁捜査一課では、十津川にいわれて、亀井が、被害者明日香令子のことを調べることになったが、この名前を聞いたとき、亀井の記憶に残っているものがあった。

「この名前に、記憶があります。確か、この前、週刊誌にのった女性じゃありませんか？」

と、亀井は、いった。

「私も、同じことを考えたよ。タレントの浅井尊之《あさいたかゆき》と離婚した女性だよ。三億円の慰謝料というので、週刊誌が取りあげたんだ」

「そうでした。はっきり思い出しましたよ。三億円の慰謝料だったんです」

「浅井が浮気して、それが、離婚の理由なんだから、三億円の慰謝料も仕方がないだろう。浅井は、個人資産が、五、六億円といわれているからね」

「そうだ。いつだったか、家内《かない》が、離婚したら、いくらくれますかと、私にきいたことがありましたよ」

「それで、カメさんは、何と答えたんだ？」

「せいぜい二、三百万だろうといいました」

「それで？」

「家内は、それじゃあ、別れない方が、トクだといいましたね」

「それ、ノロケているのかい？」

十津川が、ニヤニヤすると、亀井は、頭をかいた。

「それにしても、どうも、わかりません」

と、亀井は、いう。

「どんなところがだい？」

「被害者の明日香令子は、列車の中で、殺されたのでしょう？」

「三両連結の気動車の二両目の車内で殺されたということだよ」

「彼女は、二度も、胸を刺されているわけですよ。なぜ、他の乗客が気がつかなかったんでしょうかね？　犯人と、明日香令子の二人しか、乗っていなかったんですかねえ」

「いや、何人か乗っていたといっているよ」

「それなら、なぜ、気がつかなかったんですかねえ？　それがわかりませんね。狭い車内で、二度も刺したというのに——」

亀井は、腹立たしげに、いった。

もし、他の乗客が、犯人が刺すところを見ていれば、今頃は、もう、逮捕されていたかも知れないのである。

「では、彼女のことを、調べて来ます」

亀井は、若い日下を連れて、明日香令子の家を訪ねてみることにした。

等々力《とどろき》にある大きな邸宅だった。敷地は三百坪近い。この家のことも、週刊誌にのっていた。

夫婦で住んでいたのを、夫の浅井が、明け渡して、出て行ったと書いてあった筈《はず》である。

この辺りなら、土地だけでも、二億はするだろう。

「家の主《あるじ》が亡《な》くなって、誰が住んでいるんでしょう？」

玄関のベルを押しながら、日下が、きいた。

「離婚したって、彼女の家族とか、親戚とかがいるだろう」

「まあ、そうですが」

インターホンに、「どなた様ですか？」という女の声が、聞こえた。

「警視庁捜査一課の亀井といいます」

亀井がいうと、相手は、一瞬、息を呑《の》んだような感じだったが、門が開き、二人は、中へ招じ入れられた。

応対したのは、二十二、三歳の若い女だった。

「妹の悠子《ゆうこ》です」

と、その女は、いった。

死んだ令子とは、あまり、顔は、似ていない感じだった。

「お姉さんが、下呂で亡くなったことは、ご存知ですか？」

「ついさっき、岐阜の警察から連絡がありました。叔父《おじ》は、すぐ出かけました。私も、これから、出ようと思っていたんですけど」

「そうですか」

「ただ、岐阜の警察からの電話では、死んだとしかわからないのですけど、姉は、何か事件に巻き込まれたのでしょうか？」

「殺されたのです」

「そんな――」

「お姉さんは、下呂へ、何をしに行かれたんですか？」

亀井がきいた。

「わかりませんわ。姉は、よく、ふらりと、旅に出る方でしたから、今度も、行先も、私は、知らなかったんです」

「それでは、誰が一緒だったかということもわかりませんね？」

「ええ」

「下呂温泉に泊っているのは事実ですが、向うから、電話は、ありませんでしたか？　今、着いたとか、いつ帰るといったようなですが」

「いいえ」

「この家には、どなたが、お住みだったんですか？」

「姉に、私の二人ですわ」

「叔父さんというのは？」

「この近くに住んでおります。弁護士事務所を開いておりますわ。岐阜の警察から電話があったことを伝えましたら、これからすぐ行くといってくれました」

「その方の名前を教えて頂けませんか？」

「小野豊《おのゆたか》といいます」

「令子さんは、ご主人の浅井さんと離婚された。あなたは、浅井さんを、よく知っていますか？」

「ええ。何度も、会っていますわ」

「お姉さんの亡くなったことを、伝えましたか？」

「はい。でもお留守でしたわ」

「浅井さんは、今、何処《どこ》に住んでいるんですか？」

「原宿《はらじゅく》のマンションです。そこへ、電話したんですけど、誰も出ませんでした。お仕事で、留守にしていらっしゃるんだと思いますけど」

「電話したのは、何時頃ですか？」

「一時間ほど前だから、午後四時頃だと思いますけど」

「お姉さんは、莫大《ばくだい》な慰謝料を、貰《もら》われたわけですね？」

「莫大といいましても、この家と、あと、現金が二千万円くらいのものですわ」

「全部で、三億円ということが、週刊誌に書いてありましたが、あれは、嘘《うそ》なんですか？」

「この家とか、軽井沢《かるいざわ》の別荘なんか、全部入れてですわ」

「なるほど、現金は、二千万円だけということですか」

「ええ」

「お姉さんは、最近、誰かと、親しくつき合っていたというようなことはありませんか？　美人なんだから、ひとりになったら、世間の男が、放っておかないと思いますがねえ」

と、亀井が、きいた。

「姉のプライベートなことは、よく知りませんわ」

それが、悠子の返事だった。

4

悠子は、明日早く、下呂へ出発するといった。

亀井と日下は、原宿にある浅井のマンションに寄ってみた。

十五階建ての真新しいマンションだった。

「三億円の慰謝料を払っても、こんないいマンションに、住めるんですねえ」

と、日下は、感心したように、いっている。

だが、浅井は、留守だった。

仕方なく、二人は、警視庁に帰って、十津川に、報告した。

「顔が似ていないのは当然で、殺された令子とは、血がつながっていません」

と、亀井は、いった。

「なるほどね」

「そのせいか、姉が亡くなったことを、あまり悲しんでいるようには、見えませんでしたね」

「別れた旦那の方は、留守か」

「売れっこのタレントだから、仕事に行ってるんだと思いますが」

「問い合せてみよう」

十津川は、すぐ、浅井が属しているTMプロに、電話してみた。

だが、そこから、はね返って来たのは、意外な返事だった。

浅井は、四日間休暇をとって、休んでいるというのである。

「今まで、働き過ぎましたし、離婚のごたごたで、疲れたというので、四日間、休みをとらせました。丁度《ちょうど》、彼が主演していた連続テレビドラマが、完結したこともありましてね」

と、TMプロの社長が、いった。

「四日間の休暇を、どう過ごすといっていましたか？」

「疲れているので、ごろごろしているようなことをいっていましたが」

と、社長は、いった。

「四日間というのは、いつから、いつまでですか？」

「昨日から明後日までです。何かありましたか？」

「いや、別に」

と、いって、十津川は、電話を切った。

「どうも、浅井も怪しいねえ」

十津川は、亀井にいった。

「三億円が惜しくなって、殺したということですか？」

「その可能性もあるだろう。まだ、等々力の家や、軽井沢の別荘の名義が、浅井のものになっていれば、令子が死んだことで、浅井のものになる可能性もあるんじゃないかね」

「名義のことも、調べてみましょう」

と、亀井は、いった。

翌日、亀井は、日下と、等々力の邸《やしき》と、軽井沢にある別荘の現在の名義を調べてみた。

十津川の推理は、外《はず》れていた。

二ヵ月前に、離婚した時点で、どちらも、浅井尊之から、明日香令子に、名義が変更になっていたからである。

「これでは、浅井に、動機は、なしか」

十津川は、ちょっと、当ての外れた顔で、いった。

「動機は、あるかも知れませんよ。二ヵ月前まで夫婦だったわけですからね。別れるについては、いろいろと、あったと思うんです。憎しみも、それが、また、会って、爆発したのかも知れません」

と、亀井は、いった。

「じゃあ、二人で、下呂温泉へ行ってみるかね。カメさん」

十津川は、亀井に、いった。

午前一一時二四分の「ひかり151号」で、二人は、名古屋に向った。

名古屋着が、一三時一七分。

名古屋で、少し遅い昼食をすませてから、一四時〇五分発の急行「のりくら5号」に乗った。

高山行の急行だが、下呂から先は、各駅停車の普通になる。

七両編成の気動車で、三両が下呂まで、残りの四両が、終着の高山まで行く。

高山署へ行くことになるので、二人は、高山行の6号車に乗り込んだ。

十津川も、亀井も、高山へ行くのは、初めてである。

岐阜までは、街並みも見えていたが、岐阜を過ぎると、次第に、家の数も少なくなり、窓の外は、雑木林や、飛騨川の渓谷が、見えてくる。

川は、次第に急流になって、大きな岩が、ごろごろと、転がっている。急流は、ところどころに、蒼《あお》い澱《よど》みを作っていて、釣り好きの亀井は、顔を、窓ガラスにくっつけるようにして、眺めていた。

「ああいうところに、やまめがいるんですよ」

亀井は、そんなことを、いったりした。

すでに、四月中旬だが、残雪が眼につき始めた。北国に入ったという気分になってくる。

下呂駅には、一六時三八分に着いた。

ここで、三両が切り離され、身軽な四両で、終着の高山に向う。

二人の乗った車両には、二十人くらいの乗客がいた。

「この中で、一人の人間が殺されたわけですね」

と、亀井が、小声で、いった。

「カメさんは、乗客が、ひとりも気がつかなかったのは、おかしいというんだろう?」

「そうなんです」

亀井が、いった時、列車は、飛騨川にかかる鉄橋を渡り始めた。

河原に、温泉の井戸が掘ってあるのが見えた。が、その時、一人の乗客が、

「おッ。今日は、いるぞ」

と、奇妙な声をあげた。

他の乗客が、その声で、進行方向に向って、右側の窓に移動して行った。

十津川と、亀井も、何事だろうと、窓から、外を見てみた。

十津川の眼に、露天風呂に入っている若い女の裸身が、飛び込んで来た。

鉄橋を渡り終ったところに、露天風呂があって、そこに、若い女が二人入っているのだ。

川辺に、ホテルがあって、そのホテルの露天風呂が、丁度、鉄橋を渡る列車の窓から見えるのである。

天然の露天風呂ではなく、作られた露天風呂である証拠に、小さなプールみたいな形をしている。

若い女二人は、平気で、乳房を出し、列車に向って、手を振っていた。

列車は、あッという間に、鉄橋を渡り切り、露天風呂も、若い女の裸身も、見えなくなってしまった。

「いつも、あの鉄橋を渡るとき、若い女の裸が、見られるんですか?」

と、亀井は、乗客の何人かに、きいてみた。

「いや、めったに、見られませんよ。今日みたいなことは、珍しいんだ」

「今日のは、何かの宣伝じゃないかな。大胆すぎたものなあ」

そんな言葉が、戻って来た。

「昨日の午後は、どうでした?」

と、十津川が、きいた。

「昨日?」

「そうです。午後一時半過ぎだったと思うんですが、その時も、今日みたいに、この露天風呂で、きれいなものが見えたっていう話を聞いたんですよ」

「車掌なら、知ってるかも知れないよ」

と、その乗客は、いった。

十津川と、亀井は、グリーン車に行き、車掌に会った。

「ああ、昨日のことなら、聞いていますよ」

と、中年の車掌は、笑って見せた。

「じゃあ、昨日の午後にも、この露天風呂で、美人が拝《おが》めたんですね?」

亀井が、きいた。

「私は、乗務していませんでしたが、一一時一五分岐阜発の普通電車です。下呂を出て、鉄橋にさしかかったら、すごいグラマーな美人が、あの露天風呂から、手を振っていたというんです。おっぱいどころか、あそこも丸見えだったんで、乗客も、大さわぎで、見ていたそうですよ」

「どうもありがとう」

と、十津川は、いった。

5

二人は、高山に着くと、すぐ、高山署に足を運んだ。

十津川たちは、署長に会った。

事件を担当している小田という刑事を、紹介された。

「今日、下呂近くの鉄橋から、露天風呂に入っている美人を、見ることが出来ましたよ。なかなか楽しい温泉ですね」

十津川がいうと、署長は、笑って、

「今日は、なんでも、モデルを使って、宣伝写真を撮るんだといっていましたから、それでしょう」

「昨日の午後も、素晴らしい裸が見られたそうですよ」

亀井がいうと、署長は、変な顔をして、

「それは、聞いていませんでしたね。もし、それが事実なら、モデルなんかじゃなく、泊り客の中の勇ましい娘さんが、入っていたんでしょう」

「興味があるのは、明日香令子さんが殺された列車が、丁度、あの鉄橋にさしかかったとき、そのグラマーな裸の女性が見えたということですよ」

「それが、事件に関係があると思うんですか？」

「大いにあると思いますね。車内で、一人の女性が殺されたのに、他の乗客が、なぜ気がつかなかったのか、それが、不思議で仕方がなかったんです。その謎が解けましたよ。下呂を出てすぐ、鉄橋にかかる。この露天風呂で、すごい美人が、裸で、手を振っていた。乗客は、みんな右手の窓に寄ってしまった。そのすきに、反対側の座席にいた明日香令子を、殺したんです。鉄橋の上を走っているから、多少、物音がしても、誰も気がつかない。他の乗客が、露天風呂から、眼を移したときには、もう、殺しは、終っていたんです。犯人は、多分、別の車両に移ってしまっていたんだと思いますね」

「すると、十津川さんは、その女も、犯人の仲間だと思われるんですか？」

「そうです」

と、十津川は、肯《うなず》いて、

「犯人は、あの露天風呂のあるホテルに、女を泊めておいたんだと思いますね。若くて、美人で、スタイルのいい女です。そうしておいて、犯人は、明日香令子と、問題の列車に乗ったんでしょう。下呂を出る時間はわかっているから、女は、それに合わせて、露天風呂に入り、大胆なポーズで、待ち受けていたんですよ」

「すぐ、行きましょう」

と、小田刑事が、いった。

十津川と亀井は、小田の運転するパトカーで、下呂に向った。

その車の中で、十津川は、小田に、被害者の妹が、来ているかどうか、きいた。

「ええ、見えていますよ。今日の昼前に、見えました。叔父だという人は、昨夜おそく、こちらに着きました」

「弁護士をやっているという人ですね？」

「そうです。名刺を貰いました。小野豊という名前でした。弁護士だけに、なかなか、喋《しやべ》るのが上手《うま》い男です」

「別れた旦那の浅井尊之は、来ていませんか？」

「ええ。しかし、別れたとなれば、来ないんじゃありませんか？」

「ただ、彼は、四日間、休みをとっているんですよ。それが、何となく、気になっているんです」

と、十津川は、いった。

「じゃあ、十津川警部は、浅井が、怪しいと思われるんですか？」

「いや、容疑者の一人だとは、思っていますがね」

パトカーが、下呂温泉に着くと、すぐ、川辺にあるホテルに向った。

鉄筋の近代的なホテルである。

まず、フロントで、昨日の泊り客のことを聞いた。

「多分、ひとりで泊っていたと思うんだが、若くて、美人で、スタイルが良い女性は、いなかったかね。そうだ。昼間、露天風呂に入っている」

十津川がきくと、フロント係は、客室係を呼んで、聞いてくれた。

何人かの客室係の一人が、彼女のことを覚えていてくれた。

「五一二号室のお客様ですよ。昼間から、平気で、露天風呂に入っていらっしゃいましたわ。列車が通ったら、手を振って」

その客室係がいい、フロントが、五一二号室の宿泊カードを取り出してくれた。

「確かに、女の方が一人で泊っていらっしゃいますね。お名前は、山下今日子《やましたきょうこ》さまです」

「ちょっと見せて」

十津川は、そこに、東京の住所が書いてあるのを見た。

しかし、この女が、容疑者なら、この住所も名前も、でたらめだろう。

「誰か、彼女を訪ねて来なかったかな?」

「誰も、訪ねては、来ませんでしたよ」

フロント係が、いった。

「電話は、どう? どこかへかけるとか、外から、かかって来たことはないかね?」

十津川が、きくと、フロント係は、笑って、

「それがおかしいんですよ。お部屋からかけられるのに、なぜか一階ロビーにある公衆電話から、どこかにおかけになっているのを見たことがありますよ」

「ふーん」

と、十津川は、唸《うな》った。

多分、女は、部屋から電話をかけると、記録として残ってしまうのが、嫌だったのだろう。

女は、事件の夜、急に、チェック・アウトしたという。

列車の中で、女の乗客が死んだことは、すぐ、噂話となって、下呂の町にも流れた筈である。

女は、それを確認してから、引き払ったのだろう。

亀井は、ホテルの電話で、東京の西本刑事に、連絡した。山下今日子の名前と、住所をいい、すぐ調べるように、いった。

十津川たちは、いったん、高山署に戻った。

二時間ほどして、東京の西本から返事があったが、やはり、山下今日子の住所は、でたらめだった。

しかし、でたらめだったことは、一層、女が、犯行に関係していたのではないかという心証を強くした。

高山署で、十津川は、叔父だという弁護士の小野豊に会った。それから、妹の明日香悠子にも。

小野は、弁護士というだけに、口調が、なめらかだった。

「悠子さんから、聞かされて、驚いて、駈けつけましたがね。どうして、こんなことになったのか、全くわかりません。浅井さんと、話がついて、これから、新しい人生をやって行くんだと、張り切っていたんですがねえ」

「なぜ、彼女が、下呂温泉に行ったのか、わかりますか？」

「いや、全くわかりません」

「高山はどうです？」

「さあ、ただ、浅井さんと、最初に会ったのは、何かのドラマで、高山ロケに行ったときだというのは、聞いたことがありましたね。もっとも、その頃は、浅井さんは、もう大スターだったが、彼女は、新人だったといいますが」

「つまり、高山は、思い出の場所ということですか？」

「そんな話を聞いたことがあるというだけです。離婚したんですから、もう、思い出ということもなく、別の理由で、来たんでしょうが」

だが、十津川は、小野の話を重視した。

浅井犯人説を、捨てきれなかったからである。

浅井と、令子は、別れたが、記者会見の際、これからは、いい友だちでいたいといっていた。

だから、浅井が、誘ったら、下呂温泉へでも、高山へでも、行ったのではないか。

ただ、その場合、動機がわからない。宏大な邸宅も、別荘も、令子を殺したところで、取り戻すことは、不可能だからである。

その浅井が、翌朝、高山駅で検束《けんそく》された。

6

岐阜県警でも、浅井が犯人の可能性があると考え、刑事たちに、浅井の写真を持たせて、下呂や、高山周辺を捜査させていたのである。

その網に、浅井が、引っかかったのである。

「これは、どういうことですか？」

高山署に連れて来られた浅井は、憮然《ぶぜん》とした顔で、刑事に食ってかかった。

「別れた奥さんの令子さんが、二日前に、列車の中で殺されたことは、ご存知ですか？」

と、県警の小田刑事が、きいた。

「今朝、知りましたよ」

「高山で、何をしていらっしゃったんですか？」

小田は、当然の質問をした。

「この高山に、S教という宗教の殿堂が出来たんです。私は、その信者で、三日前から、来ているんです。嘘だと思うのなら、教団の人に、聞いて下さい」

浅井は、そんなことをいった。

古い高山の町に、S教という新興宗教の殿堂が出来ているのは、事実だった。

総工費百億円といわれる巨大な本殿と、信者が寝泊りする建物も、造られている。

信者の中には、有名政治家や、タレントがいるということを、十津川も聞いていた。

県警では、浅井の言葉の裏をとることにした。

三日前から、S教の春の祭りが開かれ、全国から、信者が集って来ていることは事実だった。

浅井は、奉加帳《ほうがちょう》に署名し、十万円を寄進していた。

だが、高山を離れなかったという証拠にはならなかった。下呂に行ったことも、十分に考えられる。

問題は、露天風呂の女である。この女の身元が割れて、浅井と関係があることが証明されれば、浅井のクロは、一層、確かなものになってくるだろう。

浅井は、一応、釈放された。

浅井は、高山署を出て行く時、すぐ、東京に戻ると、いった。

「明日から、連ドラの仕事が待っているんですよ」

「われわれも、東京に帰ることにしよう」

と、十津川は、亀井に、いった。

明日香令子は、下呂と高山の間で殺されたが、その原因は、東京にあると思ったからである。

こちらの聞き込みは、岐阜県警にまかせて、二人は、東京に戻った。

「動機を知りたいですね」

亀井は、十津川にいった。

「別れた奥さんを殺して、浅井に、どんな利益があるかということかい？」

「そうです。いくら考えても、わかりません」

「トクすることは、無さそうだね」

「むしろ、トクをするのは、妹の悠子ですよ。令子が、浅井から貰った家や、金は、彼女が手にするわけですからね。両親も、すでに死んでしまっていますから」

「だが、彼女は、姉の令子が殺されたとき、東京にいたんだ」

「そうですね」

亀井は、肯いた。

どうやら、壁にぶつかってしまった感じだった。

が、次の日になって、面白い情報が入って来た。

等々力にある邸が、銀行の抵当《ていとう》に入っているという情報だった。

それを確めるために、十津川と亀井はすぐ、銀行に、当ってみた。

M銀行の等々力支店に行って、きくと、支店長は、

「その通りです。あのお邸を担保《たんぽ》にして、一億円をお貸ししています」

「誰にですか？」

「もちろん、明日香令子様にです。所有者の」

「彼女が、直接、ここへ来て、一億円借りて行ったんですか？」

十津川がきくと、支店長は、当惑した顔になって、

「それは、内密にして貰いたいということだったんですが」

「これは、殺人事件なんです。捜査に協力して頂《いただ》きたいですね」

「実は、小野豊という弁護士の方が、書類を持って見えたんです。明日香令子さんに頼まれて来たということですし、書類も、整っていたので、一億円お貸ししました」

「あの弁護士がねえ」

十津川は、亀井と、顔を見合せた。

これで、あの小野という弁護士に、動機が出来たのだ。

明日香令子に内緒で、この邸を抵当に、一億円借りていたとしたら、それが、バレて、彼女を殺したことも、十分に考えられるからだ。

「あの弁護士に、会ってみよう」

と、十津川は、亀井にいった。

小野は、悠子と、明日香令子の遺体を東京に運び、葬儀を行うことにしていた。

弁護士だけに、こうしたことは、てきぱきと、指揮している。

十津川と亀井は、告別式の時に、小野に、会いに出かけた。

告別式は、等々力の邸で、行われた。

小野は、十津川の質問に対して、別に、否定はせず、

「確かに、私は、一億円を、M銀行から、借りましたよ」

と、いった。

「この邸が、抵当ですね？」

「そうです」

「亡くなった令子さんは、知っていたんですか？」

「もちろんですよ。私が、勝手に、そんなことをする筈がないじゃありませんか。悠子さんにも聞いてみて下さい」

「一億円は、何に使われたんですか？」

「実は、令子さんには、多額の借金があったんですよ」

7

「本当ですか」

「本人の名誉のために、伏せておきたかったんですが、彼女は、派手な性格でしたからね。やたらに、高額の品物を買うんですよ。毛皮とか、宝石とかね。それが、合計して、大変な借金になってしまっていたわけです」

「しかし、一億円にはならなかったんじゃありませんか？」

「いや、合計すると、そのくらいにはなっていましたね。それで、彼女は、私に何とかしてくれというんです。私は、弁護士事務所を開いていますが、それほど、儲《もう》かっているわけじゃない。五、六百万の金は、融通《ゆうずう》しましたが、それ以上は無理なので、この邸を抵当にして、銀行から金を借りるより仕方がないといったんです。そうしたら、彼女が、手続きをしてくれといったので、やっただけのことです。全て、彼女のために、やったわけですよ」

小野は、平然といった。

弁が立つので、聞いていると、本当らしく思えてくる。

調べてみると、確かに、殺された令子は、ぜいたくで、金にルーズな面があった。デパートへ行っても、気に入った品物を、値段も考えずに、ぱッ、ぱッと、買ってしまうことがあったらしい。

しかし、浅井と別れて三カ月もたっていないのである。いくら、気ままに買物をしたとしても、一億円も、借金しただろうか？

十津川は、亀井たちに、令子が、浅井と別れてから、どれだけの買物をしたか、調べさせた。

かなり買物をしていたが、全部で、一千八百万円ほどで、これなら、別れた浅井からの慰謝料で、十分払えるのだ。

どうやら、小野が、一億円を、自分のふところに入れたらしい。

十津川は、小野の周辺を、徹底的に、調べさせた。

小野は、弁護士としては、優秀だという評判だった。

だから、令子も、浅井との離婚のときに、小野に、全てを委《まか》せたのだろう。

小野は、バクチはやらない。ただ、調べていくと、事業に、異常なほどの熱意を持っていることがわかった。

前にも、小さな会社を作っては、潰《つぶ》していた。

最近は、コンピューター時代に向けて、ソフトウエアの会社を作っていた。コンピューターメーカーを退社した人間四人と、作った会社で、小野が資金の大半を出し、社長におさまっている。

調べていくと、その会社が設立された時と、小野が、等々力の邸を抵当に入れて、M銀行から、一億円借りた時が重なっている。

「この会社が、上手くいっていればいいんですが、競争が激しくて、上手くいっていませんね」

と、亀井が、いった。

同じような会社が、今後の需要を見越して、どんどん、生れて来ている。小野の作った会社が、苦戦しているのも肯ける。

「令子が、邸が抵当に入っているのを知って、小野を難詰《なんきつ》したのかも知れんな。小野は、会社が、うまくいっていないので、一億円を返す当てがない。そこで、令子を殺す計画を立てたんじゃないかな」

「悠子の立場は、どうなんですかね?」

「小野は、彼女も、買収したんだろう。悠子は、死んだ令子とは、血がつながっていないし、姉が手にした三億円の財産が欲しかったんだろう。姉の令子が死ねば、財産は、彼女のものになるからね」

「悠子と、小野が、手を結んだということですか?」

「そう思うね。ただ、令子が死ねば、当然、自分たちが疑われる。そこで、疑いの目を、他に向けさせなければならない。そこで、考えたのが、浅井のことだ。二人は、浅井が、四日間の休暇を貰って、高山の新興宗教S教の殿堂へ行くことを知って、その時に、令子を殺せば、疑いが、浅井にかかるのではないかと考えたんだ」

「同じ日に、小野は、令子を、下呂に誘ったわけですね?」

「高山行の列車の中で殺すことを考えたから、下呂温泉にしたんだろう。ホテルは、令子にとらせて、小野は、あとから行ったんだ?」

「悠子の方は、東京に残っていたわけですね?」

「そうだ」

「彼女の役目は、何だったんでしょうか?」

「まず、自分のアリバイだろう。令子が殺された時、東京にいれば、安全だ。それから、小野のアリバイ作りだろうね」

「小野のですか?」

「高山署から、悠子に、連絡が入る。姉の令子が死んだという知らせだ。彼女は、すぐ、叔父の小野に、電話で知らせて、高山へ行って貰うように頼んだといった。つまり、それで、小野も、その時、東京の事務所にいたことになる」

「なるほど、そうでしたね。その日の夜、小野は、東京から、高山に向ったことになっていましたね」

「多分、実際には、小野は、高山の近くにいたんだ。高山署は、令子が殺されてから、二時間後には、東京の悠子に、連絡している。犯人が小野ならとうぜん、東京には、戻れないからだよ」

「あとは、露天風呂の女を見つけて、小野に頼まれたことを認めさせればいいわけですね？」

「そうだ。金で頼まれたのだろうが、下手《へた》をすると、小野が、消すかも知れん」

十津川は、本気で、心配した。

小野の周辺を洗って、問題の女を捜す一方、十津川は、小野に、監視をつけた。

刑事たちは、問題の女のモンタージュを持って、小野がよく行くクラブ、カラオケバーなどを、歩いて廻った。

どうやら、新宿のクラブ「コネクション」のホステス、牧田《まきた》かおり、二十五歳らしいとわかって来た。

だが、最近、店を休んでいるといい、代田橋《だいたばし》のマンションにも、帰っていなかった。

「もう、殺されてしまったんでしょうか？」

亀井は、眉をくもらせた。

「いや、彼女を殺す時間は、小野にはなかった筈だよ」

と、十津川は、いった。

「すると、彼女は、どこにいるんでしょうか？」

「小野の指示で、どこかへ隠れているんだろうと思うね。多分、そこで、小野は、金を渡すといったんだろう」

十津川が、いったとき、電話が入った。張り込んでいた日下と、西本が、

「小野が動き出しました」

と、いった。

それが、結局、小野にとって、命取りになった。

小野は、車で、軽井沢に向った。

その瞬間、軽井沢の別荘へ向う筈だと、十津川は、判断した。

人目のないところに、女を待たせておくには、そこが一番いいに違いないからである。

十津川と、亀井は、小野の車を、日下たちに追わせる一方、ヘリコプターを出して貰って、明日香令子の軽井沢の別荘に向った。

十津川の予測は、当っていた。

軽井沢の別荘に、牧田かおりがいて、十津川と、亀井が、逮捕した。

かおりは、あっさりと、小野に頼まれたことを、自供した。

「ただ、露天風呂に入って、列車が来たら、手を振ってくれと、頼まれただけよ。別に、悪いことはしていないわ」

と、かおりは、いった。

「確かに、その通りだが、小野は、君を利用して、人を殺したんだ。そして、ここへ、君を殺しに来る」

と、十津川は、いった。

小野は、軽井沢へ来て、十津川たちが、待ち受けていたことに、驚き、全てを、自供した。

謎と憎悪の陸《りく》羽《う》東《とう》線《せん》

初出＝「オール讀物」一九九一年十一月号
収録書籍＝『謎と殺意の田沢湖線』新潮文庫　二〇〇五年八月

1

最初に見つかったのは、右腕だった。

十月七日、早朝、荒川《あらかわ》放水路の土手に散歩に来た付近のサラリーマンが、発見したのである。

痩《や》せた、中年の男の右腕だった。

サラリーマンの通報で、警察が駆けつけた。

台風通過後の水量の増した放水路を、刑事たちは、男の他の部分がないかと、捜し廻った。

三十五分後に、二百メートルほど上流で、男の左腕が見つかり、続けて、右足が発見された。

胴体の部分と左足は、土手をへだてた隅田川《すみだがわ》の岸で、流れついた板切れの間から見つかった。

ただ、肝心《かんじん》の頭部は、なかなか見つからなかった。

バラバラ殺人事件として、千住《せんじゅ》警察署に捜査本部が置かれた。

捜査の指揮に当る十津川警部が、第一に考えたのは、被害者の身元の割り出しである。

頭部が見つかれば、手掛りになると思うのだが、捜索範囲を広げても、見つからなかった。犯人は、手足や胴体は狭い範囲に捨てたが、頭部だけは別にしたらしかった。頭部が見つからなければ、身元を隠せると、考えたのかも知れない。

解剖の結果、死亡推定時刻は、十月五日の午後十時から十二時までの間で、胴体部や手足に外傷がないことから、恐らく扼殺《やくさつ》だろうと推測された。

台風18号が関東地方を襲ったのは、十月六日の朝から夕方にかけてである。犯人は、その嵐《あらし》の中で、バラバラにした死体を、荒川放水路や隅田川に捨てて歩いたのかも知れない。

被害者の年齢は、四十代後半から、五十代の前半と、考えられた。

全体に痩せていて、慢性の肝臓障害があり、心臓も肥大していた。

「つまり、病人だったということですか？」

と、十津川は、解剖に当った大学病院の医者に、電話できいた。

「健康体とはいえませんね。特に肝臓は、療養が必要な状態ですよ」

と、医者は、いった。

「手足が細いと思うんですが、これはどう考えたらいいんですか？　運動不足ですか？」

「問題は、足ですね。普通の生活をしていれば、もっと筋肉に張りがある筈です。恐らく、あまり歩いていなかった人間だと思いますね」

と、医者は、いってから、

「手と足の指が、少し、ふやけた感じがしますね」

「それは、バラバラにして、川に捨ててあったからじゃありませんか？」

「しかし、右足は、ゴミ袋に入ったまま発見されたんでしょう？」

「そうです。他の部分もゴミ袋に入れて捨てたんだと思いますが、台風が通過しましたからね。ゴミ袋が剝《は》がされたんだと、見ています」

「その右足の指も、同じようにふやけているんです」

「とすると、どういうことになるんですか？　まさか、病身の水泳選手というわけじゃないでしょう？」

と、十津川は、きいた。が、相手は、医者らしく、小さな笑い声も立てず、

「考えられるのは、温泉付きの療養施設に入っていたんじゃないかということです。私の知っている療養所が、熱海《あたみ》にありましてね。温泉を治療に利用して、患者は毎日二回、温泉に入っています」

「それなら、手足の指がふやけますか？」

「普通の人より、ふやけますよ」

「つまり、内臓疾患にいい温泉付きの療養所にいた人間じゃないかということになりますか？」

「そう思うのですがね。当っているかどうかは、そちらで調べて下さい」

医者は、慎重ないい方をした。

一つだけ、手掛りが、できたことになる。現場周辺に、温泉を利用した療養所は、見当らなかった。

とすれば、被害者は、その療養所から東京に出て来たのではないか。肝臓も心臓も治癒《ちゆ》してはいなかったから、一時的な外出ということで、東京にやって来たのだろう。

（誰かに、会いに来たのではないか？）

そして、その相手が犯人だったのかも知れない。

十津川は、日本の地図を広げて、部下の亀井刑事と見入った。

現場の周辺に、温泉のマークはない。しかし、少し範囲を広げると、日本は実に温泉の多い国だと思う。

関東地方だけでも、栃木には那須塩原《なすしおばら》温泉郷などがあり、群馬には水上《みなかみ》など、温泉が点在している。神奈川は、箱根《はこね》だろう。その他、茨城にもある。

範囲を広げて、伊豆《いず》半島を見れば、ここは温泉の印であふれている。

被害者が飛行機を使って上京したとすれば、北海道の温泉も、考慮に入れなければならなくなる。

それに、最近は温泉の効果が見直されて、たいていの温泉地帯に、温泉を使った療養所が作られているのだ。

「全部の温泉郷に問い合せるのは大変だな」

と、十津川は、いった。

「それに、バラバラ事件の照会となると、向うが面倒に巻き込まれるのを恐れて、嘘をつくことも十分に考えられますね」

と、亀井も、いった。

「嘘をつかれても、これだけ多いと、検証は不可能だね」

「どの地方の療養所というだけでもわかれば、私が行って調べて来るんですが」

亀井が、口惜《くや》しそうに、いった。

「荒川で殺されたということは、被害者が何らかの意味で、荒川周辺に関係があるということなんだろうがね」

「その関係の中身が、問題ですね」

と、亀井が、いう。

「被害者がもともとこの周辺の人間で、病気を治しに温泉治療の療養所に入ったのかも知れないし、逆に、被害者がその療養所の近くの生れで、家族がこの周辺に住んでいるのを、訪ねて来たのかもしれないな。被害者は四十代後半から五十代前半ということだから、年頃の息子や娘がいてもおかしくはない。子供たちが上京して、荒川周辺に住んでいるのを、訪ねて来たことも、十分に考えられるね」

「後者だとすると、被害者を荒川周辺の生れと断定はできませんね」

「それで、聞き込みをやっているのに収穫がないのかも知れないんだ」

と、十津川は、いった。

バラバラ事件ということで、テレビや新聞は大きく取り上げたのだが、まだ一人も情報提供者が現われていない。

警察に問い合せてくる人間もいないし、テレビ、新聞にもである。

刑事たちは聞き込みに歩き廻り、荒川放水路と隅田川を、下流から上流に向って、調べているのだが、これはという話も耳に入って来ないし、被害者の頭部はいぜんとして見つからないのだ。

十月十二日になって、やっと小さな収穫があった。

　荒川放水路を捜していた警官の一人が、黒いゴミ袋を一つ見つけたのだが、それに血痕《けっこん》がついていたのである。その血液型はO型で、被害者のものと一致した。

　更に、そのゴミ袋の隅に、小さな紙片が、へばりついている形で、見つかった。

　メモ用紙の破片だった。

　これが、その紙片に、ボールペンで書かれてあった文字と数字である。「東」の次には、他の文字があったのだろうが、切れてしまっていて、わからない。

「被害者に関係があるとすると、地名や名前が、まず、考えられますが」

　と、亀井が、いった。

「それを、考えて行こうじゃないか。今のところ、これ以外に手掛りらしきものが皆無《かいむ》だからね」

　十津川は、じっと紙片を、見ていた。

「姓名だとすると、東《ひがし》という一字の姓もありますし、東《ひがし》田《だ》、東山《ひがしやま》、東海林《しょうじ》と、いろいろ考えられますね」

　と、亀井がいうのを、十津川は、聞いてから、

「このメモを、誰が書いたと思うね？」

「事件に関係があれば、被害者か、犯人じゃありませんか？」

「もし、そうだとすると、二人は顔見知りだ。行き

ずりに殺した人間が、わざわざ殺した相手をバラバラにして捨てるような面倒なことはしないだろうからね」

「そうです」

「そんな二人が、メモ用紙に、自分の名前や相手の名前を書くかね?」

「よく知っているんだから、今更、書きませんね」

「そうなんだ。従って、これは名前ではない可能性が強いんじゃないかね」

と、十津川は、いった。

「名前ではないとすると、地名ということになりますか?」

「地名か、或《あ》いは会社名、グループ名が、考えられるね。会社名の中には、ホテル、旅館から、病院の名前も入ってくる」

「会社名なら、東京——ということも考えられますから、かなりの数が、浮かんで来ますよ」

と、亀井が、眼を輝かせて、いった。

だが、十津川は、難しい顔になって、

「その場合、下に書いてある16という数字は、何だろう?」

「電話番号じゃありませんか?」

と、亀井が、いう。

「しかし、今は、東京の市内局番は四桁《けた》で、3か5が頭についているよ。それ以外で始まる局番は、無くなっているんだ」

「改正前の局番ということは、考えられませんか。これが、被害者の書いたもので、地方から東京へ上京したとすると、相手の会社の電話は、古い局番で書き留めていたことも、十分に、考えられるんじゃありませんか」

と、亀井は、いう。

確かに、東京の局番が四桁になったのは、最近だから、地方の人が、古いままで覚えていることも、考えられないことではない。

「しかし、ね。荒川周辺の局番は、昔でいえば、800台だよ。荒川区役所が、802だからね。第一、東京で、160台の局番は無いんだ」

と、十津川は、いった。

「とすると、ホテルや、病院の部屋番号でしょうか？」

「病院じゃないね。温泉を使う病院は、この周辺には、無いと思うからだ。残るのは、ホテルだな。東京の人間が、東京のホテルに泊るということは、あまり考えられないから、地方から出て来た被害者が、泊ったんだろうと思うね」

「当ってみましょう」

と、亀井は、勢い込んで、いった。

ホテル名としては、東京○○ホテルもあれば、東××ホテルもある。そうしたホテルを、ビジネスホテルまで含めて、全《すべ》て当ることにした。


被害者の頭部は、不明だが、身長は百六十センチくらいの男であろうと、推測されている。痩形《やせがた》で、体重は五十二、三キロ。年齢は五十歳前後、病身で、多分、青白い顔だったのではないか。

そして、十月五日以前にチェック・インし、五日にチェック・アウトしたか、外出して、戻っていない客。こうした線で、刑事たちは、東京都内、特に、荒川周辺のホテルに当って廻った。

十二人の刑事が動き、丸一日かかったが、それらしい人間が泊ったというホテルは、見つからなかった。

会社、ホテル、病院の線が消えた。

「あとは、地名ですね」

と、亀井が、いった。

「地名だとすると、16という数字は何だと思うね？」

十津川は、相変らず難しい顔で、きいた。

「わかりません。電話番号でないことは、確かだと思いますが」

「所番地でも、ないと思うね。それなら、番地だけ書くのは、おかしいからね」

「この数字が、何なのかわかれば、東という字の意味も、わかってくると思いますが」

と、亀井は、口惜しそうに、いった。

十津川は問題の紙片を手にとって、顔を近づけて見ていたが、

「16の横に、小さな点があるように見えるんだが、違うかな?」

と、いった。

亀井も、紙片を受け取って見ていたが、

「16の横下のところでしょう。シミみたいに見えますが」

「拡大鏡はないかな」

「持って来ます」

と、亀井はいい、何処《どこ》からか、虫眼鏡《むしめがね》を持って来た。

「これしか、見つかりません」

「ありがとう」

と、十津川は、それを手にして、もう一度紙片の数字を見つめた。

「やはり、点が打ってあるんだよ。裂かれた部分なので、見えにくくなっているんだ」

と、十津川は、いった。

「点とすると、どうなるんですか?」

「16. ——とすると、どうなるのかな。16. 17. 18——というわけでもないだろう。それは意味がない」

「地名なら、そんな数字は何の意味もないと、私も思います」

「ひょっとすると、時刻かも知れないな。一六時、つまり午後四時だよ」

と、十津川が、いった。

「なるほど。点があると、16の次に来るのは、何分という数字でしょうね」

「そうだと思う。16.05とか、16.38という数字なんじゃないかね」

「午後四時五分、午後四時三八分ということですか?」

「ああ、そうだ」

「しかし、普通の生活では、一六時とはいわずに、午後四時とか、PM四・〇〇というんじゃありませんか?」

「いいね。カメさん」

「そうですか?」

「午後四時とせずに、一六時と書く場合は、何だろう?」

「時刻表!」

と、亀井が突然、大きな声を出した。

「そうさ。列車、飛行機、船などの時刻表なら、午後四時ではなく、一六時になっている」

「とすると、東というのは、駅、空港、港ということになって来ますね」

「その通りだよ」

「多分、これは被害者が、帰る時の列車、飛行機、船の時間を書いたものじゃないでしょうか? 例えば、東は、東京駅、東京空港、東京港ということじゃありませんかね」

「一六時丁度《ちょうど》か、一六時何分かに、出発する列車、飛行機、船に乗るつもりだったということになるね」

「調べてみましょう」

と、亀井が、いった。

一六時台に東京駅を出発する列車は、何本もある。東京空港を出発する飛行機も、である。

亀井は、時刻表を持ち出して、調べ始めたが、途

中で、

「駄目ですよ。これは」

と、投げ出してしまった。

「なぜだい？　カメさん」

「一六時台に、東京駅を出発する列車はわかりますが、肝心《かんじん》の行先がわからなくては、特定できません。飛行機も、船も同じです」

と、亀井が、いう。

十津川は、笑って、

「そうだな。行先不明では、意味がないんだ。では、その紙片を、捨ててしまうかね？」

「そうしたいんですが、これ以外に、何もありませんからね。惜しいですよ」

亀井は、紙片に眼をやって、いった。

「それなら、見直してみようじゃないか」

と、十津川は、いった。

「見直すって、どうするんですか？」

「一六時——東というのは、出発の時刻かも知れないが、向うに、着く時刻かも知れない。その可能性は、半々じゃないかね？」

「ええ。それは、そうですが——」

「だから、その半分に、賭《か》けてみようというんだ。もし、出発の時刻なら、われわれはお手上げだが、到着の時刻だったら、手掛りになる可能性があるんだ。それをやらずに、捨てることはない」

「被害者が帰って行く場所と、その到着時刻ということですね？」

「場所というより駅だよ。それをメモしていたんじゃないかな。被害者は温泉を利用した療養所にいたと思われる。何日かの外出許可を貰《もら》って、上京して来ていたとすると、帰る日時が気になっていたんじゃないかね。最寄りの駅に何時に着けば、その時間に帰れると計算して、メモしていたんじゃないか」

「考えられますね」

「東○○という駅に一六時何分かに着くということをメモしていたとして、調べてみようじゃないか。これなら、特定できると思うよ」

と、十津川は、いった。

2

東という駅はない。

とすると、問題の駅名は、東大阪とか、東室蘭《ひがしむろらん》といった駅と、考えていいだろうと、十津川は考えた。

刑事たちは、東のつく駅名を探した。飛行機は、東のつく空港が、東京以外にはないので、無視することにした。

船も、同じだった。

刑事たちは、時刻表と首っ引きで、東のつく駅名を書き出していった。


実際に調べていくと、北海道だけでも、十九駅もあるのだ。

東風連《ひがしふうれん》（宗谷《そうや》本線）
東六線《ひがしろくせん》（〃）
東旭川《ひがしあさひかわ》（石北《せきほく》本線）
東雲《とううん》（〃）
東相《ひがしあい》ノ《の》内《ない》（〃）
東根室《ひがしねむろ》（根室本線）
東釧路《ひがしくしろ》（〃）
東鹿越《ひがしかごえ》（〃）
東滝川《ひがしたきかわ》（〃）
東幌糠《ひがしほろぬか》（留萌《るもい》本線）
東鶉《ひがしうずら》（函館《はこだて》本線）
東森《ひがしもり》（〃）
東山《ひがしやま》（〃）
東篠路《ひがししのろ》（札沼《さっしょう》線）

東室蘭　（室蘭本線）
東久根別《ひがしくねべつ》　（江差《えさし》線）
東静内《ひがししずない》　（日高《ひだか》本線）
東町《ひがしちょう》　（〃　）
東追分《ひがしおいわけ》　（石勝《せきしょう》線）

これらの駅に、一六時台に停車する列車があるかどうかを調べていく。

東風連に一六時五二分にという普通列車はあるが、次の東六線に一六時台に停車する列車はないということが、わかってくる。

停車する駅については、近くに温泉があるかどうかを調べ、もし温泉があれば、そこに温泉を利用した療養所があるかどうか、現地に問い合せた。

この作業は、東北、関東、北陸、東海——と続けられた。

三日間かかって、作業を了《お》えたとき、やっと一つの駅名が浮かび上ってきた。

〈東鳴子　16.42〉

である。駅名は、「なるこ」ではなく、「なるご」である。

十津川が、ここに違いないと断定したのは、東《ひがし》鳴子《なるご》と次の鳴子の間に、私営の療養所があって、ここは温泉を利用して、患者の治療に当っていると聞いたからだし、一六時四二分に着く列車が、あったからである。

十津川は、この「玉木《たまき》温泉治療院」に、電話をかけた。

電話口に出た事務局員は、十津川の質問に対して、

「確かに、うちに入院している患者の中で、外出している者がおります。十月四日に外出した患者ですが、予定では明日に帰るということなので、別に心配はしていないのですが」

と、呑気《のんき》に、答えた。

「名前は、わかりますか？」

「ええと、津田順造《つだじゅんぞう》、五十一歳ですね。彼がどうかしましたか？」

と、相手が、きく。その患者が死んだなどとは全く考えていない感じだった。

「まだ、わかりませんが、身長百六十センチくらいで、痩せた方ですか？」

「そうですね、内臓が悪いので、痩せています」

「何処《どこ》へ行くと、いって、外出したんですか？」

と、十津川は、きいた。

「東京にいる娘さんに会いに行くと、外出届には書いてありますが」

と、相手は、いう。電話ではまだるっこしい感じで、

「とにかく、明日、そちらへ伺います」

と、十津川は、いった。

3

どうやら、被害者は、東鳴子の温泉治療院に入院していた患者らしい。

翌日、十津川は、亀井を連れて、東北新幹線に乗った。古川《ふるかわ》で降りて、ここで陸羽東線《りくうとうせん》に乗りかえる。

古川発一六時〇七分の快速「いでゆ」に乗れば、一六時四二分に東鳴子に着くのだが、十津川たちは、古川に一一時五九分に着いてしまったので、一二時〇五分発の普通列車に乗った。

二両編成の気動車である。古川を出ると、急に窓の外の緑が濃くなる感じだった。東北新幹線に沿って、東北の開発が行われても、一歩、中央部に入って行くと、自然が色濃く残り、人家もまばらになる。冬になれば、この辺りは、何メートルという雪

が積もるのだろう。

東鳴子には、四十分余りで着いた。温泉では、次の鳴子が有名だが、東鳴子の駅にも「東鳴子温泉郷」の文字が見えた。

もう紅葉の季節は過ぎてしまったので、東鳴子で降りたのは、十津川と亀井だけだった。

鳴子が、ホテル、旅館の建ち並ぶ温泉町なのに比べると、東鳴子はスポーツセンターなどがあっても、温泉町という空気はあまりない。

二人はタクシーを拾って、玉木温泉治療院へ行ってくれと、いった。
七、八分も走ると、周囲は完全な田園風景になって、温泉町の姿は消えてしまった。
問題の玉木温泉治療院は、そんな畠《はたけ》の真ん中にあった。驚いたのは、思っていたより、豪華で立派な建物だったことである。こんなところにも温泉が出るのだろうかと思いながら、十津川は、広い建物の中に、入って行った。

確かに、温泉の匂《にお》いがする。建物の裏手から、白い湯煙りが立ちのぼっていた。

駐車場には、高級車が数台、並んでいる。

温泉地の療養所というので、何となく湯治場《とうじば》みたいなものを想像していたのだが、違っていたらしい。

よく見れば、病院というより、ホテルの感じで、入口を入ると、広いロビーがあった。

ただ、フロントの代りに、事務局の看板が出ていて、十津川が警察手帳を見せると、白衣姿の若い職員が、

「電話の方ですね」

と肯《うなず》き、ロビーのソファに案内された。十津川がバラバラ死体のことをきくと、

「確かに、うちに入院されている津田さんによく似ていますすね」

と、相手は、いった。

「写真は、ありますか？」

「持って来ます」

と、職員はいい、五、六枚の写真を持って来た。

五十歳くらいの患者の写真だった。うすいサングラスをかけた、細面《ほそおもて》の上品な感じの男だった。

バスローブ姿でサンルームに入り、デッキチェアで休んでいる写真もあれば、看護婦に血圧を測《はか》って貰っている写真もある。

「どれも、サングラスをかけていますね」

と、十津川が、いった。

「眼が弱いので、うすいサングラスをかけているんです」

「どのくらい、ここで療養しているんですか？」

と、亀井が、きいた。

「もう、三年半ほど、ここにいらっしゃいますよ。個室もあり、医者も看護婦もいて、その上、温泉ありで、気に入ったといわれましてね」

「高いんでしょうね？　ここに入るのは」

「正直にいって、安くはありませんが、それは考えようだと思います。入院希望者が多いということは、高くはないと思われている方が沢山《たくさん》いるということだと思いますね」

と、職員は、自信にあふれた語調でいった。

「すると、この津田さんという患者は、資産家ですか？」

十津川が、きいた。

「そうです。仙台《せんだい》の資産家です。奥さんが亡《な》くなったし、自分が病身というので、三年半前に、ここに入院されたんです」

「家族は、亡くなった奥さん以外に、娘さんがいらっしゃるんですね？」

「ええ、一人いる筈ですよ」

「その娘さんは、仙台にいるんですか？」

「いや、東京です」

「それで、二週間の外出届を出して、上京したんですか？」

「そう思いますが、津田さんはあまりご自分のことを話さない方でしたから、詳しいことはわかりません」

「すると、東京の娘さんの住所は、わかりませんか？」

「はい」

「ここの門限は、何時ですか？」

ふと、語調を変えて、十津川がきいた。

「病院ですので、午後五時と、早くなっていますが」

と、職員は、いう。

（それでか）

と、十津川は、思った。津田は、一六時四二分に東鳴子に着けば門限に間に合うと考え、その列車に乗ればよいと思って、メモしておいたのだろう。

それに、ぎりぎりまで東京で、娘に会っていたいという津田の気持の表われなのかも知れない。

「津田さんは、個室に入っていたんですね？」

と、十津川は、きいた。

「そうです。ここでも、ハイクラスの部屋に入っておられます」

「その部屋を見せてくれませんか」

と、十津川は、いった。

二階にある個室に案内された。確かに広い部屋で、ベッドの他に応接セットが置かれ、トイレもついている。

机の上には、こけしが二体、並べてあった。

「ここには、木工場がありましてね。軽い患者の中から希望者には、こけし作りを教えているんです。津田さん、入院してすぐ、自分から覚えたいといって、作り始めたんです。この二つのこけしも、津田さんが自分で作られたんです。それから十月四日に外出する時、自分で作ったこけしを二つ持って行かれましたよ」

と、職員が、教えてくれた。

それは、きっと、東京にいるという娘への土産《みやげ》だったのだろう。

「娘さんの写真を、探していいですか?」

と、十津川は、きいた。

「どこかに、ある筈ですよ」

と、職員はいい、机の中や洋服ダンスを開けて探していたが、

「おかしいですね。持って行ったのかな。いつも机の上に立てかけてあったんですよ」

「持って行ったんだと思いますね。フォトスタンドが、ここにありますよ」

亀井が、空になったフォトスタンドを、洋服ダンスの上から見つけて、いった。


「手紙は、来ていませんかね?」

と、十津川が、きいた。

「何通も来ている筈ですがねえ。おかしいな。手紙もありませんね」

職員は、探しながら、しきりに首をひねっていた。

「手紙が来ていたのは、間違いありませんか?」

十津川は、念を押した。

「津田さんが、自慢気に見せてくれたことがありましたからね」

「手紙も、持って行ったのかな?」

「なぜ、持って行くんです? 手紙の主に会いに行くのに」

「そりゃあそうですが、何処にもないとなると、他に考えようがありませんからね」

と、十津川は、いった。

次に、十五人いる看護婦の一人で、津田の世話を

よくしていたという市川公子《いちかわきみこ》という三十歳の女に会わせて貰った。

小柄で、よく動く眼をしている看護婦だった。

「津田さんから、よく娘さんのことを聞きましたよ。十八歳の時に東京の大学に入って、今は、はやりのフリーターをしているとか、聞きましたけど」

と、公子は、いう。

「手紙も、来ていたと聞きましたが」

「ええ、十通以上、あったんじゃないかしら。私も、二通ほど読まして貰いましたわ」

「娘さんの名前と住所を知りませんか？」

「名前は、確か、めぐみさんだったと思いますわ。住所は覚えていませんねえ。私は東京に行ったことがなくて、手紙に書いてあったんですけど、覚えにくくて――」

「どんな手紙でした？」

「お父さんに会いたいとか、ぜひ東京に来てくれとか、書いてありましたよ」

「娘さんが、見舞いに来たことはないんですか？」

と、亀井が、きいた。

「一度あったと思いますよ。津田さんは、娘の人生は娘の人生という考えの方で、あまりべたべたしたくないといっていましたからね。忙しければ来なくていいと、いつもいってたみたいですわ」

「あなたは、娘さんに会ったことがあるんですか？」

十津川が、きいた。

「一度だけ、見たことがありますわ。頭に怪我《けが》したとかで、包帯をしていらっしゃいましたね。お父さんに会いに来たので、遠慮してお話はしませんでしたけど」

「娘さんの手紙が一通も見つからないんですが、どこにあるかわかりませんか？」

と、十津川がきくと、公子はびっくりした表情に

なって、

「津田さんの部屋にありませんの？」

「見つからないんです」

「じゃあ、津田さんが持って、外出したのかしら？　でも、そんなことをする筈がありませんしねえ」

「あの個室には、誰でも、自由に入れるんですか？」

「いえ。そんなことはありませんわ。普通の病院とは違って、部屋にカギがかかるようになっていますから」

「十月四日に外出するとき、津田さんは、あなたに何かいっていませんでしたか？」

「別に、何も。でも、急に東京に行くことを決めたみたいだったわね」

「なぜですかね？」

「そりゃあ、急に娘さんに会いたくなったんでしょう。娘の人生は娘のものだといっても、二人だけの父娘《おやこ》だったようですから、やはり寂《さび》しかったんだと思いますわ」

「津田さんですが、いつもうすいサングラスをかけていたみたいですね？」

と、亀井が、きいた。

「ええ。津田さんは眼がちょっと悪いんで、いつも眼の保護のために、サングラスをかけていたんですよ。ここへ入っていらっしゃった頃は、そんなことはなかったんですけど、一年ほど前から急に眼が弱くなったみたいですわ」

「どんな風に、眼が弱かったんですか？」

と、十津川がきいた。

「私には、物がダブッて見える感じだし、明るさが痛く感じるとも、いっていましたわ。ここは眼科がないので、ちょっと不自由なんですけど」

「では、眼の悪い患者は、どうするんですか？」

「駅前に眼科の病院がありますから、そこへ通うか、動けない方には、そこの先生に来て貰っていましたけど」

「じゃあ、津田さんも、そこで診《み》て貰えば良かったんじゃありませんか？」

「ええ。でも、津田さんは面倒くさがって、診て貰わないんです。私なんかがすすめても、笑って、別に見たいものもないからっていっていらっしゃいましたわ」

と、公子は、いった。

「ここに入院するには、かなりのお金が必要なんでしょうね？」

と、亀井が、きいた。

「ええ。眼科はありませんけど、その他は全部揃《そろ》っていますし、温泉治療ということで、楽しいし、空気もいいですしね」

「津田さんのあの部屋で、いくらぐらい必要なんですか？」

「入院の時に、五百万。その他に、一ヵ月百万円は必要ですわね」

「じゃあ、津田さんは資産家ですね？」

「ええ。お金持ちですよ」

「すると、津田さんが亡くなると、その財産は一人娘のめぐみさんに行くわけですね？」

亀井がきくと、看護婦の公子は笑って、

「刑事さんて、すぐ、そういう風に考えるんですね」

「何しろ、津田さんが殺されたと考えられますのでねえ」

亀井は、ニコリともしないで、いった。

「でも、全部の財産が娘さんに行くんじゃないみたいですよ。うちの院長の話ですけど、津田さんは、財産の半分は娘に遺《のこ》すが、あとはこの病院に寄贈したいと、いっていたそうですから」

と、公子は、いう。

「その話は、本当ですか？」

「津田さんからもきいたと思うんですけど、詳しいことは、院長にきいて下さい」

と、公子は、いった。

4

十津川と亀井は、三階にある院長室で、玉木にあった。五十歳くらいで、でっぷりと太った、貫禄《かんろく》のある男である。

丁度、新しく入院したいという希望者が、帰るところで、十津川たちはその家族と入れ違いに、院長室に入った。

「事務局の人間から、津田さんが亡くなったらしいと聞いて、びっくりしているところです」

と、玉木は、いった。

「津田さんは、ご自分が亡くなったら、財産の半分をこの治療院へ寄附すると、いっていたそうですね？」

と、十津川はきいた。

玉木は、穏《おだ》やかな表情で、

「そうです。私は有難いが、娘さんに全部お上げなさいと、申し上げたんです。それでも、津田さんは、娘は若いし、仕事をしている。それに、十分な財産は遺してやるのだから、半分は当院に寄附したいと、重ねておっしゃいました。まさか、亡くなられるとは思わなかったので、そのときは、お礼をいったのですが」

「津田さんの遺言状は、どこにあるかわかりますか？」

「仙台によく知っている弁護士さんがいて、その方に預けてあると聞いています。一度、その弁護士さんが見えたことがありましてね。名刺を頂《いただ》いています」

と、玉木はいい、机の中を探して、名刺を見せてくれた。

仙台市内の榊原斉一郎《さかきばらせいいちろう》という弁護士だった。十津川は、その名前と住所を、手帳に書き写した。会って、話を聞きたかったのだ。

十津川と亀井は、再び東鳴子駅から、仙台方面行の陸羽東線に乗った。

二両編成の気動車にゆられながら、十月四日、津田順造も、古川、仙台行の列車に乗ったのだろうと、十津川は思った。

古川からか、仙台からかはわからないが、その日、津田は東北新幹線で娘のいる東京に向ったのだ。そして、翌五日の夜、殺され、バラバラにされて、荒川放水路と隅田川に捨てられている。その間に、何があったのだろうか?

仙台に着いた時はすっかり陽《ひ》が落ちて、ネオンが輝いていた。そのネオンが妙になつかしかったのは、畠の中の療養所から来たからだろう。

榊原法律事務所は、仙台の繁華街、東一番丁にあった。

十津川たちが訪ねると、若い弁護士が一人残っていて、榊原は今日は休んでいると、いった。しかし、十津川が津田順造の遺言状のことをいうと、金庫を開け、それを見せてくれた。

今年の一月十五日に、書かれたものである。

そこに書かれたことは、全財産の半分を娘のめぐみに遺し、残りは東鳴子の玉木温泉治療院に寄附するというものだった。

「津田さんは、二年に一回、一月十五日に書きなおしていらっしゃいました」

と、佐伯《さえき》という若い弁護士がいう。

「津田さんの全財産というのは、どのくらいあるんですか?」

と、亀井が興味を持って、きいた。

「私は正確には知りませんが、四、五十億円じゃありませんか」

と、佐伯は、いい、詳しいことは所長の榊原弁護士が知っているといった。

「所長さんは、明日はお見えになりますか？」

十津川がきくと、佐伯は当惑した表情になって、

「実は、今月の五日から、調べたいことがあるといって、出かけられて、まだ戻っていないのです」

「五日からですか？」

「ええ。四日に津田さんが見えて、所長と何か話していたんですが、翌日、所長は調べることがあるといって、出かけたんですよ。何を調べるつもりだったのか、私にもわかりません」

「津田さんが、四日に来たときですが、榊原さんとどんな話をしたか、わかりませんかね」

と、十津川は、佐伯をみた。どうもそれが、今度の事件のカギになっているような気がしたからである。

だが、佐伯は、いよいよ当惑した顔になって、

「なんでも、内密の話とかで、所長と奥の所長室に入って、一時間近く話をしていましたよ。そのあと、所長は、今いったように、調べたいことがあるといって、何処かへ出かけて、まだ戻らないんです」

「津田さんの遺言状を書きかえるなんて話じゃなかったんだろうか？」

「いいえ。遺言状のことは、津田さんも所長も、一言もいっていませんね」

と、佐伯は、いった。

「榊原さんの行先を知りたいんですが、奥さんにきいてみてくれませんか」

と、十津川は、頼んだ。

佐伯は、すぐ、榊原弁護士の家に電話をしてくれた。

だが、受話器を置くと、申しわけなさそうに、十津川を見た。

「奥さんも、知らないそうです。大事な用で、出かけてくる。簡単に解決すればすぐ帰るが、ちょっと時間がかかるかも知れない。でも、心配するなと、奥さんにはいったそうです」

「いつも、奥さんに、そんな風にいう人なんですか？」

と、亀井が、きいた。

「そんな風にと、いいますと？」

「旅行に出かける時、心配するなと奥さんにいうようなです」

「そうですねえ。刑事事件を扱うと、脅迫されたりすることがあります。殺してやるぐらいの電話は、よく掛りますよ。そんな時には、所長は、奥さんにいうんじゃありませんかね。僕は独身だから、わかりませんが」

「今、榊原さんは、そんな難しい刑事事件を扱っているんですか？」

と、十津川はきいた。

「いえ。今月は、そうした刑事事件は扱っていません」

「そうすると、津田さんのことで、榊原さんは危険な旅に出たことになりますね。奥さんに、心配するなといったのは、榊原さんが、ひょっとすると危険な目にあうかも知れないと、思ったからでしょう？」

と、十津川は、いった。佐伯は、青い顔になって、

「脅《おど》さないで下さいよ」

「別に、脅すつもりはありませんが、何しろ津田さんが殺された上、バラバラにされていますからね」

「しかし、まだ、それが津田さんだという確証はないわけでしょう？　顔の部分が見つかっていないん

だから」

「確かにそうですが、十中八九《じっちゅうはっく》、津田さんだと思いますね。頭部が見つからないのは、顔がわかって、身元が割れるのを恐れたためと思いますよ」

と、十津川は、いってから、

「われわれとしては、津田さんの娘さんにぜひ会いたいんですが、住所を知りませんか？　遺言状があるんなら、万一の時、娘さんに連絡する必要があるでしょう？」

と、いった。

「所長は知っている筈《はず》なんですが、留守の時に机の引出しを開けるわけにもいきませんしね」

「榊原さんは、知っているんですか？」

「そりゃあ、津田さんから聞いている筈ですから」

と、佐伯は、いう。

「何とか、わかりませんかね。今度の殺人事件の犯人の逮捕には、どうしても津田さんの娘さんに会う必要があるんですよ」

と、十津川がいい、傍《そば》から亀井が強い口調で、

「ここの所長さんだって、どうなってるか、わからんでしょう。早く手を打たないと、危険かも知れませんよ」

と、脅すように、いった。

「そういえば、榊原からずっと連絡がないんです」

と、佐伯はいい、何か口の中で呟《つぶや》いていたが、決心をしたという感じで、榊原の机の引出しを開けた。

取り出したのは、住所録である。榊原が顧問弁護士をやっている会社、個人の名前と万一の時の連絡先が、書いてあるものだった。

津田順造の項にも、連絡先として、娘のめぐみの名前があった。住所と電話番号も書いてある。

十津川は、それを自分の手帳に、書き留めた。

礼をいって、法律事務所を出ると、十津川と亀井

は、近くの公衆電話で津田めぐみの電話番号にかけてみた。

電話は鳴った。が、いつまで待っても、誰も出ない。

鳴っている電話はそのままにしておいて、十津川は亀井に、

「まだ、東京に帰る列車があったかね？」

「仙台発の最終は二一時二六分ですから、ゆっくり間に合います」

と、亀井が、手帳を見ていった。いぜんとして、電話の応答はない。

十津川は、受話器を置くと、

「すぐ、東京に戻ろう」

と、亀井に、いった。

JR仙台駅に行き、その最終に乗り込んだ。津田めぐみの住所は、向島《むこうじま》近くのマンションになっている。バラバラ死体が見つかった地点から見て、下流に当るといえなくもない。

二人は上野《うえの》で降り、タクシーで向島に向った。すでに午後十一時半を過ぎていたが、一刻も早く、津田順造の娘に会いたかったのだ。

向島のマンションは、一戸ずつが独立した形の集合住宅で、一階と二階のあるぜいたくな造りだった。

五年前にできたのだが、その時でも、一億円近くしたらしい。その一戸に、ローマ字でM・TSUDAの表札が出ていた。

津田が、一人娘のために買い与えたのだろう。

改めて、ブザーを押してみたが、返事はなかった。

管理人にきいてみようと思ったが、通いの管理人らしく、もう帰ってしまっていた。

「いらいらするね。顧問弁護士は旅へ出てしまっているし、一人娘は留守だしね」

と、十津川は、舌打ちをした。

「もう、十二時を過ぎていますよ。この時間に帰っていないというのは、何かあるんじゃありませんか」

と、亀井が、いう。

十津川は、ドアのノブに手をかけて回し、引っ張ってみた。

「開くよ。カメさん」

「入ってみましょう」

と、亀井が、いった。

下手をすると、津田めぐみも死んでいるかも知れない。そんなことを思いながら、十津川は中に入って、スイッチを押した。

急に、部屋が明るくなった。

一階にも、二階にも、死体はなかった。

若い女の部屋らしい色彩が、部屋を飾っている。

これも、津田が買い与えたものだろうが、応接室のじゅうたんも、調度品も、立派なものばかりだった。

衣裳《いしょう》ダンスには、ミンクのコートもあった。確か、めぐみは二十五、六歳の筈だが、その年齢の女にしては、ぜいたく過ぎる感じだった。

「鑑識を呼んでくれ」

と、十津川が、いった。

「どうされるんですか?」

「バスルームを調べて貰う。ひょっとすると、そこで、津田順造がバラバラにされたかも知れないからね」

と、十津川は、いった。

すぐ鑑識が駆けつけ、広いバスルームに入っていった。

結果が出るのを、十津川と亀井は、他の部屋を調べながら待った。

二階の寝室にある三面鏡の引出しから、手紙が見つかった。父親の津田順造からの手紙が、五通だった。いずれも、娘の日常を気遣う文句にあふれている。写真を送ってくれと書かれたものもあった。

めぐみの写真は、アルバムから、見つかった。

この部屋の中で、撮《と》ったものもあれば、ハワイや、冬のスキー場で撮ったものもある。

やはり、どこか父親の津田順造に似ている。

「何枚か、剝《は》がされていますね」

と、亀井が、アルバムのページを繰りながらいった。

彼のいう通り、何枚かの写真を、引き剝がした痕《あと》があった。

「本人が、剝がしたんですかね？」

と、亀井が、首をひねった。

「何のためにだい？」

「父親から、写真を送ってくれと、いわれたからです」

「それなら、新しく、写真を撮って、送るんじゃないかね」

と、十津川がいったとき、一階から、

「ちょっと、来て下さい！」

と、鑑識の怒鳴る声が聞こえた。

二人は、アルバムと津田順造の手紙を持って、一階へ駆けおりた。

「反応が、あったかね？」

「ありました。明らかに、人間の血ですね。バスルームの隅や、壁から、はっきりしたルミノール反応がありました」

「やはり、ここで、死体がバラバラにされたんだな」

「血液型は、すぐには、わかりません。明日になりますよ」

と、鑑識が、いった。

鑑識が引き揚げたあとも、十津川と亀井は現場に残った。

亀井は、一階応接室のソファに腰を下ろしてから、小さな溜息《ためいき》をついて、

「まさか、一人娘が、父親を、バラバラにしたんじゃないでしょうね？」

「バスルームの血痕《けっこん》が、津田順造のものなら、形としては、父親殺しになってしまうねえ」

十津川は、難しい顔で、いった。

「そんなこと、信じられませんよ。こんなぜいたくな生活をさせて貰っているのに、父親を殺すなんて、信じられませんね」

と、亀井が、いう。

「まだ娘のめぐみが犯人と決まったわけじゃない。第一、彼女も、行方不明なんだから」

と、十津川は、いった。

「しかし、ここは彼女のマンションですよ。それに、彼女が写っているアルバムもあるし、父親からの手紙も残ってるんです」

「じゃあ、なぜ、彼女はいないんだ？」

「逃げたんですよ。きっと」

「いやに、荒れてるね」

「こういう犯罪に、一番、腹が立ちますからね」

亀井は、テーブルを拳《こぶし》で叩《たた》いた。彼には二人の子供がいる。それだけに、今度の事件には、拘《こだわ》りを覚えるのだろう。

ふいに、電話が鳴った。

一瞬、十津川と亀井は、顔を見合せてから、十津川が受話器を取った。

「西本です」

という部下の声に、十津川は拍子《ひょうし》抜《ぬ》けした感じで、

「何の用だ？」

「今、仙台の榊原法律事務所の佐伯という方から、警部に電話がありました」

「電話の内容は？」

「秋田市の横田《よこた》病院にいるので、電話を下さいということでした」

「理由は？」

「わかりませんが、大事な用件だそうです」

と、西本はいい、その病院の電話番号をいった。

十津川は、そこへ電話してみた。交換手が出る。佐伯弁護士の名前をいうと、聞き覚えのある声に代った。

「十津川ですが、何かあったんですか？」

ときくと、佐伯の声がふるえて、

「所長が重傷で、この病院に担《かつ》ぎ込まれていました。今も、意識不明です」

「なぜ、秋田に？」

「わかりません。後頭部を殴られているのは確かです。病院から八キロほど離れた雑木林の外れに倒れているのが見つかって、救急車で運ばれたんです。今、わかっているのは、それだけです」

「後頭部を殴られているというのは、間違いありませんか？」

「ええ。医者がいうには、かたいもので何度も殴られたに違いないそうです。殺されそうになったんですよ」

「夜が明け次第、そちらに行きますよ」

と、十津川は、いった。

5

十津川は、今度はひとりで、秋田へ行くことにした。亀井には、東京に残って、津田めぐみの行方を追って欲しかったからである。

十津川は、午前七時一〇分羽田《はねだ》発の全日空《ぜんにっくう》便で、秋田に向った。

一時間で、秋田空港着。すぐ、タクシーで、横田病院へ急いだ。

　まだ、病院は開いていない。静かな待合室で、佐伯に会った。昨夜は眠れなかったのか、赤い眼をしていた。

「どうですか？」

　と、十津川がきくと、佐伯は、

「いぜんとして、意識不明です」

「何か、わかったことはありませんか？」

「今、秋田県警が、調べています。警察の話では、JR新屋《あらや》駅近くで、見つかったそうです。秋田から二つ目の駅です。日本海沿いの小さな駅らしいですよ」

「なぜ、そんなところに、榊原さんはいたんですか？」

「わかりませんよ」

　若い弁護士は、腹立たしげに、いった。

「何かを、調べていたんだな」

　と、十津川が呟くと、

「それは、わかっているんです。所長は、調べることがあるといって、旅行に出ているんですから」

　と、佐伯は、また尖《とが》った声を出した。

「現場に行ってみませんか？」

「行きたいですが、所長のことが心配です」

　と、佐伯は、いう。

　十津川は、秋田市内の県警本部に顔を出し、瀕死《ひんし》の、榊原弁護士が発見された場所に、案内して貰うことにした。

　青木《あおき》という若い刑事が、車で連れて行ってくれた。

「発見者は、地元の六十歳の男性です。雑木林の傍に倒れていたんですが、発見者はその雑木林の持主なんです。彼が、驚いて声をかけたとき、榊原弁護士は、妙なことをいったといいます」

　車を運転しながら、青木刑事が、いった。

「妙なことって、どういうことですか？」

「榊原さんは、口をもつれさせながら、ベルリンといったそうです」

「ベルリン――？」

「ええ。念を押したんですが、そう聞こえたといっています」

「発見者が、耳が遠いということは、ないんですか？」

「いや、私の質問にもはきはき答えています」

「ベルリン――ですか？」

「榊原弁護士は、ベルリンにくわしいとか、友人が、ベルリンにいるということはないんですか？」

「いや、知りませんが、ベルリンには、全く関係ないことを調べていた筈《はず》なんですよ」

と、十津川は、いった。

海沿いの道を十五、六分走ったところで、青木は車をとめた。

日本海が、間近に広がっている。海から吹いてくる風は、すでに冷たかった。

小さな雑木林があり、その傍を抜ける細い道に、青木は十津川を連れて行った。

道の横を、小川が流れている。その向うには、水田が見えた。

ふと、十津川は、なつかしい景色の中にいるのを感じた。自然が一杯だが、自然だけしかない感じの景色である。

「ここに、倒れていたんです」

と、青木が指さした場所には、雑草が押し潰《つぶ》されたようにかたまっていた。

「所持品は、どうなっていたんですかね？　何か盗まれたものは、なかったんでしょうか？」

「佐伯さんにきいたんですが、なくなっているものはない、ということでした。三十万近く入った財布も、腕時計も、盗まれていませんし、運転免許証、キーホルダー、キャッシュカードなどが、ポケットに入っていました」

「手帳は、なかったんですか？」

「そうです。弁護士ですからね。いろいろとメモするのに、手帳を持って歩いているんじゃないかと思いましてね」

「いや、手帳はありませんでした」

と、青木は、いった。

「発見者に、会いたいですね」

と、十津川は、いった。

青木は、百メートルほど離れた農家に、十津川を案内した。

日本海からの強風に備えてだろう、家の周囲を、防風林で囲った構えである。この辺りの家は、たいてい同じ造りに見える。

発見者は、白木《しろき》という男で、十津川の質問に訛《なま》りのある声で、はっきり答えてくれた。

「そりゃあ、びっくりしたねえ。頭を血だらけにして、俯《うつぶ》せに倒れているんだ。死んでいるんだろうかと思って、声をかけたら、いきなり、しがみついてきて、ベルリン——って、いったんですよ」

「ベルリンというのは、間違いありませんか？」

十津川は、念を押した。

「ああ、間違いないね。最近、テレビや新聞で、ベルリンという名前を、よく聞くからね。間違いないさ」

白木は、頑《がん》として主張した。

「あの人を、前に見かけたことがありますか？」

「ないね。あれは、街の人間だろう？」

「仙台市内に住んでいる弁護士さんです」

「やっぱりな。おれは、あの時、初めて見たんだよ」

「この辺は、何というところですか？」

「N村だよ」

「村役場は、どの辺ですか？」

「ここから歩いて、三十分くらいかな」

と、白木はいい、地図を描いてくれた。

十津川は、青木刑事と一緒に、村役場に行き、榊原弁護士が訪ねて来なかったかどうか、きいてみた。

だが、誰も榊原を見ていないということだった。

「この近くの村を、全部廻りたいんですがね」

と、十津川は、青木にいった。

「何かあると、思われるんですか？」

「いや、あそこで倒れていたということは、何かの用で来たということですからね」

と、十津川は、いった。

若い青木刑事は、十津川の注文に応じて、車を走らせてくれた。

N村に隣接する村や町を廻った。

夕方近くなって、やっと、十津川の期待する反応があった。

現場から、車で三十分近くかかる山間《やまあい》のT村役場で、戸籍係が、榊原弁護士が来たというのである。

「名刺を頂きました」

と、戸籍係はいい、榊原の名刺を見せてくれた。

「それで、榊原さんは何の用でここに来たんですか？」

と、十津川は、きいた。

「この村で生れた水沼《みずぬま》はるみという女性のことを、ききに来られたんです」

「水沼はるみ――ですか」

十津川の知らない名前だった。

「どういう女性か、きかれました。水沼はるみは、確かに、このT村の生れですが、両親はすでに死亡していて、彼女もその前に東京に移っています。現在、二十五歳の筈です」

「榊原さんは、それを聞いてから、どうしました?」

「生れた家を見たいとおっしゃるんで、場所をお教えしました。今は、誰も住んでいませんが」

「われわれにも、教えて下さい」

と、十津川は、頼んだ。

その戸籍係が描いてくれた地図を頼りに、十津川は、青木と一緒にその家へ向った。

ぽつんと建っている、こわれかけた家が見つかった。

家の前の小さな畠にも、雑草が生《お》い茂ってしまっている。

屋根瓦《やねがわら》は欠け落ち、雨戸は閉めてあるのだが、隙間《すきま》ができて、そこから野良猫《のらねこ》がのぞいていた。

夕闇《ゆうやみ》に包まれてきたせいか、なおさら廃屋の感じがした。

青木刑事が、車から懐中電灯を持って来て、それで照らしながら、家の中に入った。

猫があわてて奥へ逃げ込んだ。

「何もありませんね」

青木が、懐中電灯で家の中を照らしながら、いった。

小さい家である。こんなになっても、貧しさが残っている感じがした。

天井からぶら下っているのは昔風の電灯の笠《かさ》だったし、台所にはかまどが残っている。新しい道具は、買わなかったのか、買えなかったのか。いずれにしろ、若者には住めない家だったろう。だから娘は出て行ったのに違いない。そして、両親は死んだ。

「ちょっと、それを貸して下さい」

と、十津川はいい、青木から懐中電灯を貰って、床を照らした。

敷かれているゴザはめくれあがり、木の床はところどころ穴があいている。

十津川は片手で、めくれあがっているゴザを広げて見た。

陽に焼け、すり切れたゴザである。

十津川は、しゃがみ込んで、そのゴザの一ヵ所に懐中電灯を当てた。

「何をしていらっしゃるんですか?」

と、青木が、きく。

「これ、血じゃないかな」

と、十津川が、指さした。

黒いしみが、点々とついていた。その辺りだけ、埃《ほこり》がない。

青木も、緊張した顔になった。

「人間の血だとすると、榊原弁護士がここで殴られたのかも知れませんね」

「そうなら、犯人は、ここからN村の雑木林まで、運んだんですよ」

「なぜ、そんなことを?」

「多分、犯人は、榊原弁護士がここに来たことを、知られたくなかったんでしょう」

と、十津川は、いった。

6

秋田県警から、鑑識に来て貰った。

その結果、十津川の推測が適中した。やはり人間の血痕で、榊原弁護士と同じB型とわかったのだ。

もう一つ、わかったことがあった。同じT村の農家の一軒で、リヤカーが一つ、盗まれていたのである。

このリヤカーで、犯人は、榊原弁護士をN村の雑木林まで運んで、捨てたのだと考えられた。

あの廃屋から、距離にして五、六キロはある。それも、山道が多い。そこを犯人は、人間一人をのせたリヤカーを、黙々と引っ張って行ったのだろう。きっと、もっと遠くまで運びたかったに違いないが、あそこで力がつきてしまったのだと思う。犯人は、榊原が死んだと思っていたに、違いない。

新しく出て来た水沼はるみという女について、十津川は調べることにした。といってもこれは、秋田県警に協力して貰わなければならない。

十津川も、何日間か秋田にとどまらなければならないなと、覚悟した。

十津川の泊ったホテルに、東京に残った亀井から、電話が入った。

「津田めぐみのマンションのバスルームにあった血痕ですが、血液型がわかりました」

と、亀井が、いった。

「津田順造と同じ、O型だったかね？」

「そうです。O型でした。しかし――」

「しかし、何だね？」

「妙なことに、他の血液型も混ざっていることがわかったんです。大部分はO型の血痕でしたが、わずかながら、A型の血痕も見つかったということです」

「やはりね」

「やはりというと、警部は予測しておられたんですか？」

亀井が、びっくりしたように、声を高くした。

「いや、今日になって、或《あ》るいはという気になっていたんだ。津田めぐみの血液型が、何とかしてわからないかね」

「彼女の卒業した大学へ行けば、わかると思いますが」

「すぐ、調べてくれないか。多分、A型だ」

と、十津川は、いった。

翌日になると、秋田県警の活躍で、水沼はるみのことが、少しずつわかってきた。

彼女は、秋田市内の高校に入ったが、二年で中退していた。

その高校時代、仲の良かったクラスメイトが、秋田市内にいるというので、十津川は青木刑事に案内されて、会いに出かけた。

吉牟田恵子《よしむたけいこ》といい、すでに結婚している女性だった。

「はるみは、高校を中退してすぐ、東京へ出て行ったんです。田舎《いなか》の暮しが、嫌だといって。その後しばらく連絡がなかったんですけど、今年になって、急に電話がかかってきました」

と、恵子は、いった。

「何年ぶりでした?」

と、十津川が、きく。

「七年か八年ぶりでしたから、びっくりしましたわ」

「そうでしょうね。そのとき、彼女は、何といっていました?」

「いろいろ、東京で苦労したみたいなことを、いっていましたわ。そのあと、ハガキをくれました」

と、恵子はいい、一枚のハガキを見せてくれた。

今年の二月十六日の消印があった。

〈結婚の感想はどう? 私の方は、何とかやってるってとこね。お金もなかなか貯《たま》らないし、いい男にも会わないしね。今、ちょっと面白《おもしろ》い仕事をやり始めて、これはちょっとお金になるの。また、電話する。

はるみ〉

「電話はありましたか?」

「いいえ。私もハガキを出したんですけど、返事がないんです」

と、恵子は、いった。

「ここに書いてある、ちょっと面白い仕事というのが、何だかわかりますか？」

「いいえ」

「このハガキを貸して下さい」

と、十津川は、いった。

ホテルに戻ると、十津川は、ハガキに書かれている住所を、亀井に電話で知らせた。

「この女のことを、くわしく調べて貰いたいんだ」

「わかりました」

と、亀井はいってから、

「津田めぐみの血液型がわかりました。やはり、A型でした」

と、いった。

少しずつ捜査が進展する感じがした。

しかし、このすぐあと、佐伯が、榊原弁護士の死んだことを電話で知らせてきた。

「何か、いい残したことは、ありませんか？」

と、十津川は、きいた。

「いいえ、意識の戻らないまま、亡《な》くなってしまったんです」

佐伯は、涙声で、いった。榊原が意識を取り戻してくれれば、いろいろなことがわかるのにと思っていただけに、十津川はショックを覚えた。

次の日に、亀井から電話の報告があった。

「警部のいわれた住所に、行ってみました。アパートは見つかりましたが、彼女はいません。三月末に、引越しています」

「引越先は、わからないのかね？」

と、十津川が、きいた。

「わかりません。あの辺は江東《こうとう》区役所なので、行ってみましたが、住民票は移されていません」

「彼女が、何をしていたか、わからないかね？」

「それを今調べているんですが、どうも普通のＯＬではなさそうです」

「水商売かな?」

「それも、含めて、調べていますが、水商売の線は、うすいと思います」

「なぜだい?」

「同じアパートの住人や管理人にきいても、そんな派手な感じは全くなかったといっていますから」

と、亀井は、いった。

水商売でないとすると、彼女のハガキの、「ちょっとお金になる、面白い仕事」というのは、いったいどんな仕事だったのだろうか?

「何とかして、彼女がやっていた仕事を調べてくれないかね。今年の二月頃にやっていた仕事なんだ」

と、十津川は、いった。

その電話がすむと、十津川は榊原弁護士が入院していた市内の病院へ出かけた。

受付で、すでに遺体は家族と佐伯弁護士が引き取って行ったといわれた。家族は、仙台で荼毘《だび》に付したいといったらしい。

十津川は、別に遺体に用があったわけではない。用があったのは、治療に当った医者だった。

十津川は、医者に会うと、

「榊原さんの容態が、どんなものだったか、教えて頂きたいのですが」

と、いった。

それを、医者は、処置への批判と受け取ったのか、

「ここへ運ばれて来た時は、もう手おくれだったんですよ。もう少し早ければ、何とか助かったかも知れないんだが。私のせいじゃない。どんな名医でも、あれは助けられなかった」

と、眉《まゆ》を寄せた。

「もちろん、そう思います。私が知りたいのは、後頭部の傷の他に、傷はなかったかということなんです」

「県警の刑事さんにもきかれましたが、外傷は、後頭部のもの以外、ありませんでしたよ」

「内傷は、どうですか?」

「内傷?」

「外傷の反対です。例えば、口の中が切れていたとか」

「ああ、それなら、舌に傷がありましたよ。恐らく、後頭部を強打されたとき、舌を歯で嚙《か》んでしまったんでしょうね。もちろん、たいした傷じゃないし、致命傷はあくまで後頭部の傷です」

「しかし、舌が傷ついていると、喋《しゃべ》りにくいんじゃありませんか?」

「そりゃあね。しかし、ここに運ばれて来てから、意識不明のまま死んだんですよ。一言も喋らずにね。だから、喋りにくかったかどうかは関係ないでしょう」

「どうもありがとうございました」

「他にきくことは?」

「ありません」

十津川は、礼をいい、病院を出た。

舌が傷ついていれば、喋りにくい。そんな状態で、榊原は発見者の農家の人にすがりつき、何かいった。今では、それが、ダイイング・メッセージになった。

発見者は「ベルリン」と榊原がいったという。

青木刑事は何をいってるのかという顔をしたが、榊原の舌がその時切れていたとすると、解釈も違ってくる。あの発見者は、聞こえたとおりを、いったのだ。舌が切れているために、サ行とタ行が、ラ行になってしまったのではないのか。舌が痛いと、発音が、丸くなってしまうからだ。

とすれば、と、十津川は考える。榊原は、ダイイング・メッセージに、「ベッジン」といいたかったのに、それが、「ベルリン」に聞こえてしまったのではないだろうか？

〈別人〉

で、ある。

榊原弁護士は、何を調べていたのか。それは、だいたい想像がつく。

十津川は、すぐ、東京に帰ることを考えた。

まだ、羽田行の飛行機はあるだろう。十津川は、ホテルに戻って、チェック・アウトの手続きをとり、秋田空港へ急いだ。

一八時二〇分の全日空便に間に合った。亀井に電話しておいて、乗った。

一時間余りで、羽田に着いた。空港に、亀井が迎えに来てくれていた。

「水沼はるみのやっていた仕事のことですが、西本と日下が調べています」

と、亀井は、車の中で十津川にいった。

「何とか知りたいね」

「水沼はるみという女は、今度の事件にどんな関係があるんですか？」

と、亀井が、きいた。

「水沼はるみと津田めぐみの接点が知りたいんだ。同じ二十五歳だが、生れた場所も、秋田の寒村と仙台市内と違っているし、学校も違う。一人は高校中退で、一人は東京の大学を出ている。全く接点がないように見えるんだが、何処かでつながっている筈なんだ。それを知りたいんだよ」

と、十津川は、いった。

「その接点が、水沼はるみの仕事ですか？」

「ああ、そうだ」

と、十津川は、肯いた。

それが、わかったのは、翌日の午後になってだった。西本刑事たちの聞き込みが、やっと効果をあげたのである。

「水沼はるみが働いていたのは、共同サービスという会社です」

と、西本が、いった。

「どんなことをする会社なんだ？」

「最近は、共稼ぎが増えたり、家事が嫌いな女性が増えたりしたので、そうした仕事を一時間いくらで請《う》け負う会社です。つまり、一時間一万円なり、二万円で、家の中の掃除から風呂場《ふろば》の洗い、それに庭の手入れまでやる会社です。独身の女性なんかでも、マンションの掃除が面倒だといって頼むらしいですよ」

「水沼はるみが、そうした仕事をしていたわけか？」

「仕事が早いので、人気があったそうです」

「彼女が面白い仕事と書いたのは、なぜかな？」

「家の中を掃いたり雑巾《ぞうきん》がけをしたりするわけですから、その家の秘密をのぞいたりすることもあるんじゃありませんか」

と、西本は、いった。

「それで、電話を受けて、社員が出かけて行くわけだね？」

「そうです。掃除の七つ道具を、軽自動車に積んで出かけるそうです」

「サービスエリアは、どの辺りまでなんだ？」

「だいたい、東京の北東部といっていました」

「すると津田めぐみのマンションは、入ってくるね？」

「入りますし、会社の帳簿を見せて貰ったところ、津田めぐみの名前がありました。どうやら彼女は、家の中の掃除や洗濯が嫌いで、よくこの会社に頼んでいたようです」

と、西本が、いった。

十津川は、思わず、ニッコリして、

「これでやっと、二人の接点が見つかったね」

「それで、どうなりますか？」

と、亀井が、きいた。

「水沼はるみは、面白い仕事だと、友人へのハガキに書いている。西本君は派遣された家の秘密をのぞけるからだろうといったが、若い水沼はるみが、それだけで面白いとは思わないんじゃないかね。彼女は金がなくて、欲しがっていた。お客の家へ行き部屋の掃除や洗濯をしていれば、現金とか宝石とか、見つかることがあるんじゃないか。金のある家がお客に多いだろうからね。それをわからないように盗んでくる。だから、面白い仕事だといったんじゃないか」

「水沼はるみは、津田めぐみのマンションに、掃除、洗濯を頼まれて仕事に行った。そのとき、めぐみの宝石か現金かを見つけて、猫ババしたというわけですか?」

「いや、猫ババしようとして、見つかったんだよ。そこで、はるみは、めぐみを殺した。多分、バスルームでね。それで、めぐみと同じA型の血痕が見つかった」

と、十津川は、いった。

「しかし、それだと、津田順造の死や、榊原弁護士の死が説明できませんが――」

亀井が、きいた。

「もちろん。ただ、水沼はるみが、津田めぐみを殺しただけではね。はるみは、その前にも何回か、津田めぐみのところに仕事に行ってたんじゃないかと思う」

「会社の話では、三回行っていたそうです。そして三月末に突然、はるみは会社をやめてしまったということです」

「三回行っていれば、同じ二十五歳だし、同じ東北の生れだから、話をしたと思うね。そして、はるみは、津田めぐみのことをいろいろと知った。金持ちの一人娘で、父親は、東鳴子の温泉を利用した療養所に入っている。他に、身寄りはない。その上、父親はめったに娘に連絡して来ない。はるみは、めぐみを殺したあと、そんなことを思い出したんだよ。そして、うまくいけば、めぐみになりすませるかも知れないと考えた。唯一《ゆいいつ》の肉親である父親は、入院している。貯金は、印鑑があればおろすことができる。キャッシュカードは、暗証番号さえ知っていればば、自由に引き出せるんだ」

「それで、写真のことがわかりましたよ」

と、亀井が、いった。

「写真？」

「アルバムから剝がされていた写真のことです。療養所の父親が、写真を送れと手紙でいってきた。普通なら、新しく写して送るのに、アルバムの古い写真を剝がして、送った。本人じゃないから、新しく写真を撮るわけにはいかなかったんだ」

「そうだよ」

「しかし、警部。娘は一度、療養所に会いに行ってるんじゃありませんか？」

「ああ、看護婦は、一度会いに来たといっていた」

「それは、どういうことなんでしょうか？　行けばすぐ、ニセモノとわかってしまうでしょうに」

と、亀井は、首をかしげた。

「津田順造は、眼が悪くなっていた。光に弱くなり、眼が痛むので、いつもサングラスをかけていた。そのことも、手紙に書いて娘に出していたんだと思うね。だから、会いに来てくれとね。行かなければ、疑われる。そこで、はるみは賭けに出たんだ。眼が悪ければ、うまくごまかせるかも知れないとね。頭に怪我《けが》したということで包帯を巻いたりしたのは、津田順造の注意を、顔より怪我の方に引きつけておくためかも知れない。ともかく、賭けは成功して、ばれずに東京に帰った」

「しかし、津田は全く疑わなかったわけじゃないでしょう?」

「そうだよ。疑問は感じたんだと思うね。だから、突然上京して娘を訪ねてみようと考えた。その上、上京する前に、顧問弁護士の榊原に会い、自分の疑いを打ち明けて、調べてくれるように依頼した。そのとき、参考にと、娘から来た手紙や写真を榊原に渡したんだと思うね。だから、療養所に娘の手紙や写真がなかったんだ」

「そのあと津田は、東京に娘を訪ねて殺されてしまったわけですね?」

「突然、津田が訪ねて来て、はるみは狼狽《ろうばい》したと思うね。そこでニセモノだとばれてしまった。そうなれば殺すより仕方がない。はるみは、津田順造を殺し、バラバラにして捨てたんだ。頭の部分はどこか別の場所に捨てたか、地中に埋めたかしたんだと思うね。身元がわかってしまっては、もうぜいたくな生活ができなくなるからね」

「それですんだと思ったら、榊原弁護士がいたわけですね?」

「榊原も、きっと上京してあのマンションへ行ったんだと思う。彼は眼もはっきりしているから、ひと目でニセモノとわかった筈だよ。そして、ニセモノが誰か調べて行った。どんな方法を使ったかわからないが、水沼はるみらしいとなって、彼女の郷里のT村を訪ねることにした。しかし、それに気付いたはるみは、先廻りして彼女の生れた家で、榊原を殴りつけたんだ。倒れて動かなくなった榊原を、死んだと思い、リヤカーで離れたN村で捨てた。ところがそのとき、榊原はまだ意識があった。発見した人にすがりつき、『ベッジン』といった。それがダイイング・メッセージになった。ところが、舌を怪我していたので、はっきり発音できず、発見者には『ベルリン』と聞こえてしまった」

と、十津川は、いった。

7

「今、水沼はるみは、何処にいるんでしょうか？」

と、西本が、きいた。

「わからないが、キャッシュカードで預金を沢山《たくさん》おろして、それを持って逃げていると思うね。ぜいたくの味を覚えてしまったからね」

と、十津川は、いった。

「見つけるのが、大変ですね」

と、亀井が、いった。

「マスコミを使って、追いつめるかな？」

「全部、発表するんですか？」

「そうだ。それが、一番近道じゃないかと思うね。水沼はるみの顔写真は手に入るかね？」

十津川が、西本に、きいた。

「彼女の働いていた会社が、探してみるといってくれています」

「よし。それが見つかったら、記者会見しよう」

と、十津川は、いった。

その日の中《うち》に、水沼の働いていた共同サービスが、彼女の写真を二枚、持って来てくれた。

顔写真と、水着で全身が写っているものとだった。

顔は、津田めぐみに、似ていた。もちろん、よく見れば、違うのだが、ぱっと見たときの印象が、似ているのだ。これなら、眼が悪くなっていた津田順造を欺《だま》せたかも知れない。

十津川は、津田めぐみと水沼はるみの二人の写真を持って、記者会見に臨《のぞ》んだ。

捜査本部長の三上が、バラバラ死体の身元がわかったことをまず話し、続いて、その娘の津田めぐみのこと、榊原弁護士のこと、そして容疑者の水沼はるみのことを、話した。

そのあとの質問には、十津川が、答えた。

十津川は、わざと断定的に話した。慎重派の十津川にしては珍しいことだったが、水沼はるみを追いつめて、自首させたかったのだ。

バラバラ殺人の犯人を断定したということで、この記者会見は、新聞が大きく取り上げた。

十津川は、テレビに出て、水沼はるみに自首を呼びかけ、また、彼女を見かけた人は警察に連絡してくれるように頼んだ。

もちろん、その間も刑事たちは、水沼はるみの行方を追って、歩き廻っていた。東京都内は当然だが、彼女が立ち廻ると思われる場所にも、十津川は、刑事を向わせた。

だが、水沼はるみは見つからなかったし、いくつか寄せられた情報も、空振りに終った。

ただ、水沼はるみと、津田めぐみについて、その後、わかったこともあった。

めぐみは、フリーターをやっているということだったが、彼女は、気まぐれで、殆《ほとん》ど、仕事らしい仕事はしていなかったらしい。それでも、いくらでも使っていいというキャッシュカードを父親に貰っていたので、生活は派手だった。わがままな性格のため、友人も少なく、そのせいで、彼女の生活が変っても、誰も気付かなかったと思われる。

水沼はるみの過去も、少しずつわかってきた。

高校を中退し、十七歳ではるみは上京した。このときは、まだ両親は健在だった。

はるみは最初、上野《うえの》駅近くの喫茶店で働いている。年齢は、十九歳と嘘をついてである。

この時の店長は、「可愛《かわい》い顔をしてたけど、やたらにお金を欲しがった」と、証言した。この評価は、彼女が他の仕事についてからも、変らなかった。

二十二歳の時には、新宿のバーで働いている。この頃の同僚のホステスは、「結構、きれいな顔をしているんだけど、お客にやたらにお金をねだるので、しまいには、嫌われてしまったわね」と、いった。

二十三歳の時、両親が相ついで亡くなっている。葬式には、一日だけ帰郷したが、涙は見せなかったと、T村の人たちは証言した。はるみにとって、故郷も、両親も、いい思い出につながっていなかったのだろう。

二十四歳の時、金沢《かなざわ》へ流れて、ここでもバー勤めをしたが、ここでは資産家の老人の客を取り合って、同じ店のホステスを果物ナイフで刺している。店ではこの事件をひた隠しにし、はるみは逃げた。このあと東京に舞い戻って、共同サービスで働くようになったと考えられる。

記者会見をしてから、四日目に、福島の飯坂《いいざか》温泉で、水沼はるみらしい女を見かけたという知らせが入った。

信用できる情報と思って、十津川は、亀井と急行した。

だが、問題のホテルに着いた時は、チェック・アウトしたあとだった。飯坂温泉では一番大きなホテルで、女はそこの最上級の部屋に泊り、酒を飲み、芸者遊びもしていたという。

宿泊者名簿の名前は、篠崎《しのざき》みな子だった。

十津川が、フロントに、水沼はるみの顔写真を見せると、間違いなく、この女だということだった。

「五日間、泊って頂いたんですが、毎日、芸者を呼んで大さわぎなので、まさか警察に追われている人とは、思いませんでした」

とも、フロント係は、いった。

「やはり、東北に逃げて来ていましたね」

と、彼自身も東北の生れの亀井が、いう。

亀井にいわせると、故郷の東北は奇妙なところで、普段はなつかしくないし、時には、重たくなってくるのだが、何かに追いつめられた気持の時は、急になつかしくなってくるのだという。

十津川は、東北の各県警に、三上本部長から連絡して、協力して貰うことにした。亀井の言葉が正しければ、水沼はるみは、これからも、東北の各地を逃げ廻る可能性が強かったからである。

それから、更に二日目の夜、陸羽東線の列車に、若い女が飛び込み自殺をした。

8

一八時一二分小牛田《こごた》発、新庄《しんじょう》行の快速「いでゆ」が、東鳴子近くに差しかかったときである。

現場近くに、水沼はるみの名前の遺書が置かれていたと聞いて、十津川と亀井は、東鳴子に急いだ。

遺体は、鳴子警察署に置かれていた。

即死だったというが、死顔《しにがお》は、意外にきれいで、水沼はるみに間違いなかった。

はるみは、ブランド物で装《よそお》い、腕時計はピアジェ。シャネルのハンドバッグの中には、二百万近い現金と、キャッシュカードが入っていた。

遺書は、分厚いものだった。

十津川は、それを読ませて貰った。

〈こういうものを誰宛《あて》に書いていいかわからないので、勝手に考えたままを、書いていきます。だから、これを見つけた人は、警察へでも、新聞社へでも、送って下さい。

私は、秋田県のT村というところで生れました。山間《やまあい》の小さな村です。農業だけではやっていけないので、父は、いつも、出稼ぎに行っていました。その父が、東京の工事現場で怪我をして、働けなくなったのは、私が、高校に入ってすぐです。

もともと貧乏だったのに、それからは父と母が、お金のことでケンカばかりするようになりました。人間の幸福は、お金じゃない、心だという人がいますが、そんなのは、嘘っ八です。お金がないと、心だって荒《すさ》んでしまうんです。

高校二年のとき、どうしても我慢ができなくなって、私は勝手に家出をして、上京しました。家にいると、みじめで、みじめで、どうしようもなくなるからです。

東京に出てから、いろいろな仕事をしました。お金が欲しかったので、水商売が多かった。金沢のお店では、お金持ちのお客のことで、他のホステスとケンカになったこともあります。

お金が、貯ったことだってあるんです。でも、五百万、六百万と貯っても、いつも、もっと増やそうと焦《あせ》って、かえって欺されてゼロになってしまうのです。でも、こんなことは、いくら書いても仕方がないでしょうね。

新聞が書き立てた事件のことを書きます。水商売にも疲れて、私は新聞で見た共同サービスに入りました。何となく、面白そうだと思ったからです。

掃除の仕方とか、洗濯の仕方の研修を受けてから、家庭に派遣されます。名の通ったタレントの家にも行きましたし、政治家の二号さんのマンションの掃除にも行きました。津田めぐみのマンションに行ったのは、四軒目か五軒目だったと思います。

同じ東北の生れで、二十五歳で、ひとりで東京で暮しているということで、彼女は私が気に入ったらしく、二回、三回と、私を名指しで電話をしてくるようになりました。

でも、話している中《うち》に、本当は私が気に入って名指しをしたのではないことが、わかって来ました。彼女にとって、お金持ちの一人娘だということや、ぜいたくが出来ることや、わがまま一杯に生きていることを自慢するのに、私が一番、良かったからだったんです。

同じ東北生れ、同じ二十五歳、同じひとりぼっちなのに、私と彼女の生活は、丸っきり正反対でした。お金持ちの娘と貧乏人の娘、ぜいたくなマンションと、中古のアパート、着ているものだって、車だって、ぜんぜん違います。

彼女が自慢話をするとき、私は笑顔でいいわねえといっていましたが、きっと、ねたみの火花が眼に出ていたと思うのです。彼女はそれを敏感に感じとって、満足していたに違いないんです。

それがわかって、三回目に行ったとき、私は無《む》性《しょう》に腹が立ち、彼女が大事にしているピアジェの腕時計を盗みました。でも、すぐ、見つかってしまいました。いえ、それは、彼女は私が盗むに違いないと思い、テーブルの上にのせて、わざとトイレに立って見せたんです。そのくらいの意地悪を、平気でする人です。

私は、必死に謝りました。でも、バスルームに突き飛ばされ、シャワーの水を、頭からかけられました。まだ、三月で、寒かった。身体《からだ》も心も冷え切ってしまって、それが、怒りになりました。私は、彼女にむしゃぶりついていき、気がつくと、彼女は、頭から血を流して死んでいたんです。

正直に書きますが、そのとき、大変なことをしてしまったという気持より、ザマアミロという気持の方が、強かった。会社の軽自動車で、夜になってから、死体を埋めに行きました。埋めたのは、荒川放水路の河原です。

彼女のマンションに戻って、しばらくぼんやりしていました。豪華な調度品や、ミンクのコートなんかを見ている中に、このまま、彼女になりすましまして、ぜいたくな暮しをしたいと思うようになっていったんです。彼女から、自慢げに、いろいろ聞いていたから、上手《うま》く、彼女になりすますことが、出来ると思ったのです。

彼女の唯一《ゆいいつ》の肉親は、東鳴子の療養所にいる父親ですが、めったに会いに来ないし、行ってもいないということだったし、彼女自身、気まぐれで、仕事らしい仕事もしていないと、話していたからです。キャッシュカードも、多分、彼女の誕生日の0416を暗証番号にしているのだろうと思い、銀行で試してみたらその通りでした。

その時、預金額を見たら、八千万円もあったんです。私の夢に見た生活でした。いくら使っても、使いきれないくらいお金があるんです。なくなれば、父親（津田めぐみのですけれど）が、振り込んでくれるのです。

その父親から、時々、手紙が来ました。それには、一所懸命に、彼女の筆跡を真似《まね》て返事を書きました。写真を送って欲しいといわれたときは、アルバムから彼女の写真を剝ぎ取って、送りました。そうした危機を切り抜けていくにつれて、私は大胆になり、彼女の車を運転してドライブにも出かけるようになりました。デパートでブランド品を買い、それで身体を飾るようにもなりました。それが一カ月、二カ月と続くと、不思議なもので、私は生れつき大変なお金持ちの家に生れた一人娘のような気がしてきたんです。そのくせどこかで、変に醒《さ》めているもう一人の私もいたんですが。

七月になって、彼女の父親から、眼が次第に悪くなってくるので、一度見舞いに来てくれという手紙が来ました。来なければ、向うから上京するとも書いてありました。行かなければ疑われると思った。彼女は一度も見舞いに行ったことがないといっていたから、医者や看護婦に疑われることはない。問題は、彼女の父親だと思いました。賭けに出るか、逃げ出すか、どちらかだと思いましたけど、私は手に入れた豊かな生活を捨てたくなかったんです。私は、視力が衰《おとろ》えているというから、彼女の父親の手紙に賭けました。顔立ちが似ているから、化粧で何とか誤魔化《ごまか》せると思いました。ただ、髪の毛が、彼女は細くやわらかいのに、私は、太くかたかったから、頭を怪我したことにして、包帯をして行きました。

彼女の父親を果して欺せたのかどうか、不安でした。でも何とか、疑われずに東京に帰りました。それで賭けに勝てたと思ったのに、彼女の父親は、私に対して疑いを深めていたんです。私を見逃したのは、きっと、疑いながらも、娘が無事でいると信じたかったからかも知れない。

そして、あの日が来たんです。彼女の父親が突然現われ、いきなり私に向って、君は私の娘じゃないな、娘はどうしたんだ、といったんです。その瞬間、私は足下が崩れていくような気がしました。警察に突き出される恐怖より、またお金の心配ばかりしている生活に戻る恐怖に、怯《おび》えたんです。私は、その恐怖から、彼女の父親を殴り殺してしまいました。バラバラにしたのは、彼女を埋めるとき、深くて大きな穴を掘らなければならなかった。もうそんな重労働はごめんだと思ったからです。それだけの理由なんです。頭一つだけなら、小さな穴を掘るだけですみます。嵐の中で、私は、バラバラにした腕や足を捨て、頭を埋めました。

その翌日、私は中年の男につけられました。それが榊原という弁護士だったんです。彼は私をつけ廻し、突然私に向って、水沼はるみという人を知っていますかと訊ねるんです。

私は怯えて、故郷のT村の家のことが心配になりました。きっとこの弁護士は、私の故郷に行くに違いない。そして私は何もかも調べられて、丸裸にされてしまう。私はあわててT村に戻ってみました。八年ぶりに帰ったわが家は、朽《く》ち果てていました。そこへ、やはり、あの弁護士がやって来たんです。

私は背後から近づいて、石で後頭部を何度も殴りつけました。死んだと思い、遠くへ運ばなければと、リヤカーにのせてN村の雑木林まで運んだんです。

そのあと、今度は警察が、私のことを調べ始めました。そうなると、もう駄目でした。飯坂温泉へ逃げて、毎日思い切りお金を使ってみたけど、あの浮き立つような楽しさは戻りませんでした。

それでもう死ぬより仕方がないと思ったんです。

最後に罪を懺悔《ざんげ》すればいいんでしょうが、私はあまり悪いことをしたような気がしないんです。今、思っていることは、死んだあと、あの世でも私は、お金のことばかり心配しなければならないのだろうか、ということだけです。

水沼はるみ〉

十津川は、長い遺書を読み了《お》えた。

翌日、十津川と亀井は、飛行機でなく、列車で帰京するため、東鳴子駅まで歩いた。

「彼女、何処へ行く気だったんですかねえ。津田順造の入院していた療養所を見てから死ぬ気だったんでしょうか?」

と、歩きながら、亀井がきいた。

「そうかも知れないし、陸羽東線で新庄まで行き、奥羽《おうう》本線に乗りかえれば、秋田へ行ける。だから、故郷へ行って死ぬ気だったのかも知れないよ」
と、十津川は、いった。

新幹線個室の客

初出＝「小説現代」一九九二年三月号
収録書籍＝『十津川警部の回想』徳間文庫　二〇〇六年四月

1

——十津川か？

「そうですが——？」

——おれだよ。大阪の坂田《さかた》だよ。大学で一緒だった坂田。去年、君が、大阪へ来たとき、食事をしたじゃないか。

「ああ。君か」

——刑事だって、午後五時過ぎは、自由なんだろう？

「事件がなければね」

——実は、明日、東京へ行くんだ。君に、どうしても、相談にのって欲しいことがあるんだよ。東京に、午後六時三十二分に着くから、駅に迎えに来てくれないか。

「事件がなければ、迎えに行くよ。午後六時三十二分だね？」

——一八時三二分東京着のひかり116号だ。9号車の個室5号の切符を買ってる。東京駅の近くに、知ってるレストランがあるから、そこで、食事をしながら、話を聞いて貰《もら》いたいんだ。夕食は、おごるよ。本当に、弱ってるんだ。

「わかった。今もいったように、事件がなければ、迎えに行くよ」

——グリーンの個室5号だよ。9号車だ。間違えないでくれよ。

＊

翌三月十日。事件がなかったので、十津川は、東京駅に、坂田を迎えに行った。

正直にいって、坂田とは、それほど、親しいわけではなかった。同じ大学の同窓《どうそう》だが、坂田は、卒業と同時に、大阪へ行ってしまい、毎年の同窓会にも、出て来なかった。

それが、去年の十月、十津川が、仕事で大阪へ出かけている時、突然、彼の泊ったホテルに、訪ねて来たのである。東京と、大阪を股《また》にかけた連続殺人事件の時だった。犯人が逮捕され、事件が解決した直後だったので、夕食を一緒にした。十八年ぶりの再会だった。

（何か事件を起こして、刑事のおれに、相談にのってくれとでもいうのだろうか？）

と、十津川は、思いながら、ひかり116号が到着する14番線ホームに、あがって行った。

グリーンの個室と、坂田は、何回も念を押していた。十津川は、9号車の停止する位置へ歩いて行った。

ひかり116号が、入って来た。二階建車両を連結した新型のひかりも、今では、見なれたものになった。列車がとまり、ドアが開くと、乗客が、どっと降りてくる。

十津川は、眼で、坂田の顔を探したが、なかなか、見つからなかった。五分、六分と、待っても、彼が出てくる気配がない。

（酔っ払って、個室で寝ちまってるんじゃないだろうな）

と、十津川が、思ったのは、去年の十月に食事をした時、坂田が、泥酔《でいすい》してしまい、十津川が、タクシーで、彼のマンションまで、送る破目《はめ》になったからである。

十津川は、9号車の車内に入り、一階の個室を、のぞいてみることにした。坂田のいっていた5号室は、真ん中にある。ドアの小窓には、カーテンが、かかっていた。

十津川は、ドアを開けてみた。

男が、床《ゆか》に、俯《うつぶ》せに倒れているのが、眼に入った。ワイシャツ姿で、その白い背中が、血で、赤く染《そま》っている。

十津川は、思わず、「おい！　坂田！」と、叫びながら、狭い場所に屈《かが》み込み、抱き起こした。

「あッ」

と、声をあげたのは、その男が、坂田ではないのに、気がついたからだった。同じ四十代と見える男だが、十津川の知らない顔だった。

（どうなってるんだ？）

と、十津川が、呟《つぶや》いた時、彼の腕の中で、男が、突然、呻《うめ》き声をあげた。

眼が、十津川を見ているのだが、瞳孔《どうこう》が開いてしまっているから、実際には、何も見えてはいないだろう。

「何がいいたいんだ？」

と、十津川は、男の耳元で、声を大きくした。

「あいつが――」

「誰だって？」

「おれを刺したのは、刑事の十津川――」

確かに、男は、そういったのだ。

2

男は、すぐ、救急車で、近くの病院に運ばれた。が、その途中で、絶命した。

殺人事件として、捜査本部が、丸の内署に設けられた。

捜査本部長には、三上刑事部長が、なった。十津川は、三上に向って、

「前もって、お話ししておきたいことがあります」

と、いった。

「大事なことかね？」

「そうです。私が、列車の中で、被害者を見つけた時、まだ、息があって、こう、私に、いったんで

です。おれを刺したのは、刑事の十津川——とです」

「十津川君。冗談かね？」

三上が、眉《まゆ》を寄せて、きく。

「いいえ。残念ながら、事実です」

と、十津川は、いった。

「まさか、君が、本当に、人殺しを——？」

「私は、殺してはいません。第一、全く見たことのない男です」

「君は、大学時代の友人を迎えに行ったんだったね？」

「そうです。ところが、その友人の代りに、あの被害者が、9号車の個室に倒れていて、刑事の十津川に、刺されたというダイイング・メッセージを、残したんです」

「念を押すが、君は、本当に、被害者と、何の関係もないんだろうね？」

と、三上が、難しい顔で、きいた。


「ありません。被害者は、持っていた運転免許証で、大阪市内に住む、武藤好一郎《むとうこういちろう》とわかりましたが、その名前も、私には、初めて聞くものです」

十津川は、きっぱりと、いった。

「それなら、いい。君に、この事件は、やって貰う。が、——」

「何ですか？」

「君が聞いたダイイング・メッセージは、しばらく内密にしておくことにしよう」

「しかし——」

「要《い》らぬ誤解を生む恐れがあるからだよ」

と、三上は、いった。

「わかりました」

「君の友人は、何といったかな？」

「坂田弘《ひろし》です」

「連絡してみたかね？」

「はい。名刺を貰っていたので、大阪市内のマンションョンに、電話してみましたが、留守《るす》らしく、誰も出ませんよ」

「家族は？」

「奥さんがいる筈なんですが――」

「彼は、ひかり116号に乗ると、いったんだね？」

「はい。電話で、くどいくらいに、念を押していました。午後六時三十二分に、東京駅に着く列車だ、その9号車の個室5号に乗っているから、迎えに来てくれとです」

「被害者は、その個室の切符を、持っていたのかね？」

「財布に、入っていました」

「というと、どういうことになるのかね？」

と、三上が、首をかしげて、きいた。

「考えられるのは、坂田が、急に、東京に来られなくなって、その切符を、殺された被害者に、ゆずったということですが、今のところ、私にも、どうなっているのか、見当がつきません」

「君の友人に、連絡がつけば、全て、わかるわけだな？」

「と、思っているんですが」

と、十津川は、いった。

そのあとも、十津川は、何回か、坂田に電話をかけてみたが、いぜんとして、誰も電話口に出なかった。

十津川は、大阪府警本部に、協力を求めることにした。対応してくれたのは、塚本《つかもと》という警部だった。去年の十月に、例の事件のことで、世話になった警部である。

「また、世話をかけます」

と、十津川が、いうと、塚本は、

「いや、去年のケースは、私の方が、お世話になりました。うちの事件でしたから」

と、いった。謙虚ないい方というのではなかった。合同捜査だったが、あくまでも、大阪が、主導権を持っていたということを、いいたいのだ。

十津川は、眉の濃い、いかにも、負けん気の見える塚本の顔を思い出しながら、

「私の大学の同窓で、坂田という男がいるんですが」

と、今度の事件のことを、話した。

ダイイング・メッセージのことは、いわず、坂田の名前と、住所を告げた。

「申しわけありませんが、彼のマンションへ行って、調べて頂《いただ》けませんか」

「坂田さんに会えれば、殺された武藤好一郎が、なぜ、その個室に乗っていたか、わかるわけですね?」

「そう思います」

「坂田さんは、何をやってる方ですか?」

「私には、中小企業相手の経営コンサルタントをやっていると、いっていました」

「調べてみます。武藤好一郎のことも」

と、塚本は、いった。

十津川は、そのあと、亀井を連れて、東京駅に、ひかり116号の車掌に会いに出かけた。

グリーンの個室の車内改札をしたのは、山本《やまもと》という車掌だった。

「5号個室のお客は、確か、新大阪から乗って来られて、駅を出てすぐ、車内改札をしました」

と、山本は、緊張した顔で、十津川にいった。

「その時、5号室にいたのは、この人ですか?」

十津川は、武藤好一郎の運転免許証の写真を見せた。

山本車掌は、その写真を見ながら、

「これ、殺された方ですね?」

「そうです」

「それなら、この方だったと思いますよ」

「他の男だったということは、ありませんか？」

「他の男といいますと？」

山本は、変な顔をして、十津川を見た。

「実は、切符は、別の人間が買っていた可能性があるんですよ」

「事情が、よくわかりませんが」

「新大阪から乗って来たのが、別の男だということは、ありませんか？」

と、十津川は、もう一度、きいた。

「同じ人だったと思いますよ」

山本は、そう、いった。

坂田も、殺された男も、同年齢くらいの中年だし、身体つきも似ている。途中で、入れ替ったとしても、車掌は、気付かなかったろう。

「悲鳴とか、異様な物音とかは、聞きませんでしたか？」

と、亀井が、きいた。

「いや、気がつきませんでした。車内改札は、一回しかしていませんし、列車の音は、かなり、大きくひびいていますからね」

「ひかり116号は、新横浜《しんよこはま》に、停車するんでしたね？」

「そうです」

と、山本は、肯《うなず》く。犯人は、その新横浜で降りた可能性もあるのだ。

山本車掌には、何か思い出したら、連絡してくれるように頼んでから、十津川と亀井は、捜査本部に戻った。

十津川は、その途中で、亀井に、ダイイング・メッセージのことを、打ちあけた。

「同姓同名ということは、考えられないんですか？」

と、亀井が、いう。

「いや、刑事の十津川と、いってる。調べてみたが、十津川という刑事は、私だけなんだよ」

「しかし、警部は、初めて見る男なんでしょう?」

「だから、当惑しているんだ。武藤好一郎という名前にも、心当りはないしね」

二人が、捜査本部に着くと、解剖結果が、出ていた。

被害者は、背中を二カ所刺されており、その一つは、心臓に達しているという。死因は、出血死である。

凶器は、まだ、発見されていないが、片刃のナイフだろうという解剖した医師の見解が、のっていた。

ワイシャツ姿で、しかも、背中から刺されているところから見て、被害者は、犯人を個室に入れ、安心して、背中を向けていたのだろう。従って、顔見知りという線が出てくる。


夜の十一時を過ぎて、大阪府警の塚本警部から、連絡が入った。

「まず、坂田弘さんのことから、お知らせします。福島《ふくしま》区のマンションに行って来ましたが、誰もいませんでした。管理人の話では、今日の午後、二時過ぎに、出かけるのを見たということです」

「坂田の奥さんは、どうしているんでしょうか?」

「去年の十一月に、離婚していますね」

「離婚ですか?」

「そうです。現在、奥さんは、豊中《とよなか》市の実家に帰っているようです。これは、電話で、確認しました」

「別れていたんですか」

「次に、武藤好一郎について、報告します。年齢三十九歳。十三《じゅうそう》で、喫茶店をやっています。店の名前は、『プチドール』で、彼がマスター、ウエイトレスが、二人います。今日は、臨時休業になっていますね」

「彼と、坂田と、何か関係がありそうですか?」

「まだ、わかりません」

「武藤の家族は?」

「奥さんとは、二年前に死別しています。妹夫婦が、同じ十三に住んでいるんですが、今日、東京に行くことは、知らなかったと、証言しています」

と、塚本は、いった。

「十三と、福島とは、近かったですね?」

と、十津川は、きいた。

「距離にして、三キロぐらいでしょう。新淀川《しんよどがわ》を渡れば、すぐですよ。歩いて行ける距離です」

「坂田と、武藤が、知り合いだという可能性は、ありますか?」

と、十津川は、きいてみた。

「今のところ、何ともいえません。近いですから、例えば、武藤の喫茶店で、お茶を飲んだことがあるかも知れませんが」

「ついでに、坂田の離婚の原因も、調べてくれませんか」

と、十津川は、頼んだ。

「坂田さんが、犯人と、お考えですか?」

今度は、塚本が、きいた。

「いや、そうは思いませんが、今度の事件に、坂田が、何らかの関係があることは、間違いないとは、思っています」

と、十津川は、いった。

翌日、十津川は、自分で、坂田の似顔絵を作り、西本刑事と、日下刑事に持たせて、新横浜駅に行かせた。ひょっとして、坂田が、この駅で、ひかり116号から降りているかも知れないと、思ったからである。

二人は、駅員に、似顔絵を見せた。聞いて廻ったが、目撃したという答は、得られなかったといって、戻って来た。

昼を過ぎて、大阪府警の塚本から、電話が入った。

「坂田さんは、まだ、帰宅していません。奥さんに会いましたが、離婚の原因は、性格の不一致ということで、詳しい話はしてくれませんね。それで、二人のことをよく知っている人間に会って、聞いたんですが、その人も、別れた理由が、わからないといいます。非常に仲の良かった夫婦だというのです」

「彼女も、坂田の行方を、知らないんですか？」

「知らないといっています。次に、武藤好一郎ですが、最近、よく男から電話が入って、彼が、怯《おび》えていたと、ウエイトレスが、証言しています」

「脅迫されていたということですか？」

「そうです」

「電話の男の名前は、わかりませんか？」

「それが、関西弁ではなく、東京の言葉で、――」

塚本が、なぜか、急に、言葉を濁《にご》した。

「名前は、わからないんですか？」

「その点なんですが――」

「ひょっとして、その男は、十津川と名乗っていたんじゃありませんか？」

と、十津川は、きいてみた。

「なぜ、わかったんですか？」

塚本が、びっくりしたように、声のトーンを高くした。十津川は、苦笑して、

「あなたが、いい澱《よど》んだからですよ」

「実は、ウエイトレスが、二度ばかり、その電話を受けたことがあるんですが、その時、相手は、東京警視庁の十津川だと、名乗ったそうなんです。もちろん、ニセモノだと思いますが」

と、塚本は、付け足した。

「それで、武藤は、その電話を、どう受け止めていたんでしょうか？」

「わかりません。ウエイトレスの話では、問題の電

話のあとは、不機嫌になっていたと、いっていますが」

「妹さんが、同じ十三に、住んでいるんでしたね？」

「そうです。サラリーマンと結婚して、柴田夕子《しばたゆうこ》となっています。彼女、東京に向っているので、間もなく、そちらに着く筈です。彼女には、直接、話を聞いて下さい」

と、塚本は、いった。

3

その柴田夕子は、二時過ぎに、着いた。二十七、八歳で、眼元のあたりが、殺された兄の武藤好一郎によく似ている。

遺体の確認がすんだあと、十津川は、夕子に話を聞くことにした。

「お兄さんが、東京へ行くことは、知っていましたか？」

と、十津川は、まず、きいた。

「東京へ行って来るということは、聞いていましたが、昨日、行くのは、知りませんでした」

と、夕子は、いう。

「東京へ、何をしに行くと、お兄さんは、言っていました？」

十津川がきくと、夕子は、急に、当惑した表情になって、

「それは、聞いていませんけど――」

と、語尾を濁した。

（またか――）

と、十津川は、思い、傍《そば》にいた亀井に、

「カメさん、ちょっと、席を外《はず》してくれないか」

と、いった。亀井が、変な顔をしながらも、部屋を出て行ったあと、夕子に向って、

「正直に、話してくれませんか。お兄さんは、東京に、何しに行くと、いっていたんですか？」

と、きき直した。

それでも、まだ、夕子は、ためらっていた。

「じゃあ、私がいいましょう。お兄さんは、東京に行き、警視庁の十津川という刑事に、抗議をすると、いっていたんじゃありませんか？」

と、十津川は、きいた。

夕子は、ほっとした表情になって、

「知っていらっしゃったんですか？」

「いや、知りませんよ。ただ、そうじゃないかと、思っただけです。お兄さんがいったことを、正確に、話してくれませんか」

と、十津川はいい、念のために、テープレコーダーを取り出し、夕子の了解を得て、スイッチを入れた。

夕子は、しばらく、息をととのえるようにしてから、

「怒らないで、聞いて下さい」

「わかっています。ですから、正確に、いって欲しいのです」

「兄は、こういっていました。『もう我慢が出来ない。近い中《うち》に、東京へ乗り込んで、警視庁の十津川という刑事に、抗議してくる。場合によっては、ぶん殴ってやる』とですわ」

と、夕子は、いった。

「なぜ、十津川という刑事を、ぶん殴りたいのか、理由をいいましたか？」

「いいえ。聞いたんですけど、それは、いいませんでしたわ」

「お兄さんに、時々、十津川という名前の男から、脅迫の電話が、掛っていたんですが、ご存知でしたか？」

「いいえ。そんなことが、あったんですか？」

「店のウエイトレスの証言です」

「知りませんでしたわ。でも、なぜ、兄が、そんな電話で、脅迫されていたんでしょうか？」

「それは、これから、調べたいと、思っています」

と、十津川は、いった。そのあと、

「坂田弘という名前を、お兄さんから聞いたことはありませんか？」

と、きいた。

「覚えがありませんけど――」

「この男なんですが、見たことは、ありませんか？」

十津川は、坂田の似顔絵を見せた。

夕子は、それを見ながら、

「どんな方なんですか？　この方は」

「年齢は、四十歳。現在、大阪で、中小企業コンサルタントをやっています」

「コンサルタント？」


「その前は、普通のサラリーマンだったようですが」

「確か、一度、お会いしたことがあったと思いますわ」

と、夕子が、いう。

「何処《どこ》でですか？」

「兄の店が休みの日に、たまたま、遊びに行ったんです。そうしたら、店の中で、コーヒーを飲んでいる方がいたんです。それで、お客さん？　て聞いたら、兄が、いや、いいんだといい、その方は、すぐ、帰って行かれたんですけど」

「それが、この男だった？」

「ええ。その時の方に、よく似ていますわ」

「お兄さんは、誰だといいました？」

「知り合いだとだけ、いっていました。何も、それ以上、聞きませんでした」

「いつ頃のことですか？」

「確か、去年の十一月頃でしたわ」

「そのあと、会っていませんか？」

「ええ。この人を見たのは、その時だけです」

と、夕子は、いった。

彼女が、帰ったあと、十津川は、亀井に、テープを、聞かせた。

聞き終ると、亀井は、首をかしげて、

「どういうことなんですか？　これは――」

と、十津川を見た。

「私にも、わからないんだが、どうやら、私の名前を使って、武藤好一郎を、電話で脅迫していた人間が、いたらしいね」

「その上、武藤は、ダイイング・メッセージで、警部にやられたと、いっているんでしょう？」

「他の人間が、あのダイイング・メッセージを聞いていたら、今頃、私は、殺人容疑で逮捕されているだろうね」

と、十津川は、笑った。

「笑いごとじゃありませんよ。誰が、そんな悪質ないたずらをしたのか、警部には、思い当ることが、ありませんか？」

亀井が、怒ったような声で、きく。

「何だか、カメさんに、訊問《じんもん》されてるみたいだな」

「申しわけありません」

「或《ある》いは、坂田弘かなと、思ったりもしているんだがね」

「坂田さんは、警部のお友だちでしょう？」

「そうだが、例の個室には、本来、坂田が、乗ってくると、いっていたんでね」

「警部と、そのお友だちは、仲が悪かったんですか？」

と、亀井が、きく。

「いや。仲が悪いも良いも、去年の十月に、十八年ぶりに会ったんでね。それまで、全く音信がなかったんだよ。もちろん、金銭の貸し借りもないし、悪口をいったことも、いわれたこともない」

「十月に会った時は、どんな風だったんですか？」

「例の事件のことで、私が、大阪府警に、行った時だよ。犯人が逮捕されて、ホテルで、ほっとしていたら、坂田が、突然訪ねて来たんだ。なつかしい、なつかしいで、一緒に夕食をして、そのあと、飲んだ。坂田の方が、酔いつぶれて、私が、タクシーで、彼のマンションまで運んだよ」

「じゃあ、その時、警部が、迷惑をかけられたわけですか」

「そうだよ」

「そのあと、電話か何かあったんですか？」

「いや、何も。一昨日《おととい》、突然、電話がかかって来て、明日、東京に行き、相談したいことがあると、いったんだ。東京駅に迎えに来てくれというんで、行ったら、あの事件に、ぶつかったというわけでね。坂田が乗っている筈の個室に、別の男が、刺されていたというわけだよ」

と、十津川は、いった。

「なるほど」

「坂田に聞けば、全てわかるんじゃないかと思っているんだが、その坂田が、行方不明なんだ」

「逃げたということは、考えられませんか？」

と、亀井が、きく。

「坂田が、殺して、逃げたということだろう？」

「そうです」

「だがねえ、動機が、わからない」

「動機は、いろいろと、考えられるんじゃありませんか」

と、亀井が、いう。

「どんな動機だね？」

「こんなことは、考えられませんか。坂田さんは、武藤好一郎との間に、何か、確執《かくしつ》があった。そこで、坂田さんは、武藤を、脅《おど》してやろうと考えた。警部の名前を使い、脅迫する。電話でです。かっとした武藤好一郎は、東京へ行き、十津川という刑事に直接会って、話をつけることにした。そんなことをされたら、自分が脅したことが、バレてしまう」

「それで、坂田が、武藤好一郎を、殺したのか」

「そうです」

「電話で脅すくらいなら、たいした罪には、ならんよ。軽犯罪法の適用ぐらいのものだろう。それが、バレるというので、殺すかねえ？」

と、十津川は、いった。

「計算して、殺しはしませんから」

と、亀井は、いった。

確かに、その通りなのだが、やはり、十津川には、まだ、坂田を犯人と考えるには、ためらいがあった。

もし、坂田が、武藤好一郎を殺す気だったら、なぜ、あんな電話を、前日、かけて来たのだろうか？

黙っていれば、十津川が、坂田を怪しむことは、なかったからである。それに、坂田が、行方不明になってしまっていることも、気になるのだ。

十津川は、もう一度、大阪府警の塚本に、電話をかけた。

「坂田の別れた奥さんに、聞いて貰いたいことがあるんです」

と、十津川は、いった。

「何を聞けば、いいんですか？」

「坂田が、酒好きだったかどうか、好きだったとしたら、すぐ、泥酔する方だったか、それとも、酔わない方だったかです」

「それが、今度の事件に、何か関係があるんですか？」

「わかりませんが、ぜひ、知りたいので」

と、十津川は、いった。

塚本は、すぐ、聞いてくれたとみえて、二時間後には、電話が、かかってきた。

「わかりました。別れた奥さんの話では、坂田さんの酔っ払ったのを、見たことがなかったそうです。なんでも、いくら飲んでも酔わないので、つまらないから、飲まないと、いっていたそうです。肝臓が、人一倍強いみたいだと、いっていましたよ」

と、塚本は、いった。

「ありがとうございました」

「これで、いいんですか？」

「ええ」

と、十津川は、肯いた。

塚本は、なぜ、こんなことを調べるのかと、その理由を知りたがったが、十津川は、説明せずに、電話を切った。彼にも、うまく説明できるかどうか、わからなかったからである。

そのあと、十津川は、しばらく、考え込んでいた。

去年の十月に、坂田に会った時のことを、思い出そうと努《つと》めた。

あの時、坂田は、突然、大阪梅田《うめだ》のホテルに、十津川を訪ねて来た。多分、探すのは、大変だったろう。

十八年ぶりに、会いたくなって、訪ねて来たのだと、坂田は、いった。あの時は、何の疑いも持たずに、その言葉を、受け入れたのだが、今になって考えると、それが、果して、坂田の本音だったかどうか、わからなくなってくる。

大学時代、坂田とは、それほど、親しくしていたわけではない。学部も違っていたし、十津川は、ヨット部だったが、坂田は、確か、歌舞伎《かぶき》の研究会に入っていた筈である。

それに、大学卒業後、十八年間も、会っていなかった。それが、なつかしいので、ホテルに、わざわざ訪ねて来たというのは、どうも、信じ難く思えてくる。

十津川が警察にいるのを知っていて、何か、相談に来たのではなかったのか？

例えば、交通事故を起こしたり、傷害事件を起こして、困っていたのではあるまいか？　それで、刑事の十津川に頼めば、何とかなると考えたのではないか。

だが、夕食を一緒にしている間、どうしても、それをいい出せなくて、そんな自分に腹を立て、酒を飲み、生れて初めて、泥酔したのではなかったのか？

この考えを話すと、亀井は、

「その頃、坂田さんは、離婚していたんじゃなかったですか？　それなら、そのもやもやで、泥酔したのかも知れませんよ」

「いや、彼が離婚したのは、そのあとなんだ」

「そうすると、奥さんのことで、警部の力を借りようと思ったんじゃありませんかね。それをいい出せなくて、泥酔してしまった。奥さんの方は、夫が、安請合《やすうけあ》いしたのに、何もしてくれなかったというので、離婚した――」

「それは、あり得るね」

と、十津川は、肯いたが、

「それが、今度の事件に、どう繋《つな》がっていくかが、問題なんだがねえ」

「坂田さんは、自分が、うまく警部にいえなかったことを棚にあげて、警部のおかげで、離婚になってしまったと、恨《うら》んでいたんじゃありませんか？」

と、亀井が、いう。

「それで、私の名前を使って、武藤好一郎という喫茶店主を脅迫し、あげくの果てに、新幹線の個室で、殺してしまったということかね？」

「そうです。警部の名声に、ダメージを与えられますよ。坂田さんは、東京の大学を出たわけだから、いわゆる標準語は、話せるわけでしょう?」

「ああ、去年の十月に会った時も、先日の電話でも、標準語だったよ」

「それなら、東京の刑事だといっても、電話なら、相手を信用させられます。実際にいる警部の名前を使っているんだし——」

「前にもいったが、坂田が、なぜ、武藤好一郎を脅迫し、殺さなければならなかったのか、それが、わからないんだよ」

と、十津川は、いった。

「坂田さんが、個人的に、被害者を恨んでいて、彼を脅迫するのに、警部の名前を使えば、同時に、二人に、痛手を与えられる。そう考えたんじゃありませんか?」

「なるほどね。武藤が、警視庁に電話して来て、自分を脅迫している十津川という刑事が、本物かどうか、問い合せたという記録が、全く、ないんだ。それは、なぜなんだろう? 普通なら、調べるものだろうにだよ」

と、十津川は、いった。

「それは、多分、後暗いところがあって、警察が苦《にが》手《て》だったからじゃありませんかね」

「武藤好一郎の指紋を照会したが、彼に、前科はないんだ」

「そうですか。そうだとすると、後暗いところがあったというのは、間違っているかも知れませんね」

亀井は、さっさと、撤回した。

「カメさん」

「はい」

「一緒に、大阪へ行ってくれないか? ひとりで行ってもいいんだが、何といっても、私の名前で、脅迫が行われているし、ダイイング・メッセージが、私が殺したというものでね。私ひとりで、動き廻ったら、公正さを疑われてしまう」

「わかりました。お伴《とも》しますよ」

と、亀井は、いった。

二人は、捜査本部長の許可を貰って、その日の中に、東京を出発した。

一七時一六分発のひかりに乗り、夕食は、食堂車で、とることにした。その食事中に、十津川は、

「一つ、考えていることがあるんだがね」

と、亀井に向って、切り出した。亀井は、微笑を返して、

「当ててみましょうか。去年の十月、東京と大阪にまたがる殺人事件を捜査しました。その最後の詰めに、警部が、大阪へ行き、府警との会合を持たれたんです。犯人は逮捕され、事件は、解決しました。あの事件と、今度の事件が、どこかで、つながっているのではないかと、考えているんじゃありませんか？」

「参ったな。カメさんには、何もかも、お見通しだな」

十津川は、苦笑すると、亀井は、得意げに、

「何しろ、警視庁最強のコンビですから」

と、いった。

4

あの事件は、大阪に住む若い女性が、東京のホテルで殺されたことから始まった。

名前は、戸田《とだ》くみ子。二十八歳。独身のＯＬで、会社に休暇を貰い、東京へ来ていたところだった。

彼女は、ひとりで、ツインルームを予約していたのに、ツインルームを予約していたのに、ホテルにチェック・インしたが、あとから来ることになっていたのではないかと、推測された。

大阪に本社があるＫ工業の東京支店長、三崎典《みさきてん》

伍《ご》、四十二歳の名前が、浮上してきた。妻子があるのだが、戸田くみ子と、関係のあることが、わかったからである。

事件は、警視庁と、大阪府警の合同捜査ということになり、東京は、十津川が、指揮をとり、大阪側は、塚本警部が、指揮することになった。

十津川は、三崎典伍を、参考人として、呼ぼうとしたが、彼は、姿を消してしまい、二日後、大阪港の第三突堤《とってい》近くで、水死体で、発見された。後頭部を殴られた形跡があり、明らかな、殺人であった。

警視庁も、大阪府警も、これが、同一犯人による連続殺人という点で、意見は、一致した。

その後、戸田くみ子の泊ったホテルの部屋から、注目すべき指紋が、検出された。この部屋の指紋は、ほとんど、拭《ふ》き取られていたのだが、ホテルのマーク入りの灰皿から、一つだけ、見つかったのである。

その指紋は、殺人未遂の前科のある丸山俊一《まるやましゅんいち》、三十二歳のものだった。

丸山は、東京に生れ、東京の大学を出て、サラリーマンになったが、二十七歳の時、好きになった女に、交際を断わられ、カッとして、ナイフで刺し、殺人未遂で、逮捕された。

二年の刑を受け、出所したあと、全国を転々として、三年前から、大阪で、水商売を始めた。

大阪府警で、丸山のことを調べてみると、彼は、戸田くみ子と、同じマンションに住んでいることがわかった。

丸山が、彼女に、交際を、迫っていたこともである。

東京には、丸山の両親が住んでいて、事件の直後、丸山から届いた手紙を、彼等から、十津川は、手に入れることが出来た。どうしても我慢が出来なくて、人を殺してしまったという告白の手紙だった。

十津川は、その手紙を持って、朝早く、大阪に飛び、府警の塚本警部と、丸山の逮捕に向った。

その日の夕方、坂田が、ホテルに、十津川を訪ねて来たのである。

「丸山は、自供したんですか？」

と、亀井が、きいた。

「ああ。両親に宛《あて》た手紙で、人を殺したと告白していたからね。あっさりと、三崎を殺したことを認めた。だがね、戸田くみ子は、殺してないと、否定した」

と、十津川は、いった。

「そうでしたね。しかし、ホテルに、丸山の指紋が残っていたことで、二つの殺人で、起訴され、有罪が、決ったんでしたね」

「弁護士は、控訴している」

「あの事件が、尾を引いていると、お考えですか？」

「去年の十月の件だがね。あの日、夕刊に、丸山が、逮捕されたことが出た。テレビでも、報道された。だから、坂田が、私に会いにホテルに来た時は、彼は、そのことを、知っていたんだよ」

と、十津川は、いった。

「警部は、坂田さんが、そのことで、話しに来たのではなかったのかと、考えておられるんですか？」

亀井が、きく。

「ひょっとするとね」

「しかし、肝心《かんじん》の坂田さんが、行方不明では、確めようがありませんね」

「彼の別れた奥さんに聞けば、何かわかるんじゃないかと、期待しているんだがね」

と、十津川は、いった。

新大阪に着くと、十津川と、亀井は、まず、府警本部に、塚本警部を訪ねた。

亀井を紹介してから、十津川は、去年十月の連続殺人のことを、話した。塚本は、黙って聞いていたが、当惑したように、

「信じられません。あの事件が、今度の殺人の原因になっているとは、思えませんがね。すでに、解決している事件なんだから」

と、いった。

「しかし、丸山は、三崎殺しは認めたが、戸田くみ子殺しについては、否認していましたよ」

と、十津川は、いった。

「それは、二人も殺したとなると、死刑になるかも知れないという恐怖があったからでしょう。丸山には、前科がありましたからね。まさか、十津川さんは、丸山が、戸田くみ子を愛していて、三崎が、彼女を殺したと思い、その仇《かたき》を討ったんだといったのを、信じたんじゃないでしょうね。あの男は、そんな純情な男じゃありませんよ」


塚本は、まくし立てるように、いった。

「わかりますが、気になりましてね。私の考えが、間違っているとしたら、間違っていることを、確認したいんですよ」

「それで、何を、確認したいわけですか？」

「坂田と、武藤好一郎、この二人が、去年の十月の事件で殺された戸田くみ子、三崎典伍の二人と、何処《どこ》かで、つながっていないか、それを、知りたいんですよ。無関係とわかれば、それはそれで、納得します」

「わかりました。調べてみますよ」

と、塚本は、いった。十津川は、ほっとして、

「お願いします」

と、頭を下げた。

「十津川さんは、これから、どうするんですか？」

と、塚本が、きいた。

「坂田の別れた奥さんに、会いたいと思っていま

す」

と、十津川がいうと、塚本は、それなら、案内しましょうと、いってくれた。

連れて行かれたのは、驚いたことに、別れた夫の坂田のマンションから、歩いて十五、六分の場所に建つマンションだった。

2LDKのマンションのドアには、「SAKATA・デザイン事務所」の看板が、かかっていた。塚本の話だと、彼女、坂田洋子《ようこ》は、結婚前から、デザイナーの仕事をしていたのだという。関西では、中堅のデザイナーであり、離婚後も、坂田洋子の名前で、デザインの仕事をしている。

塚本は、十津川たちに引き合せて、帰って行った。

洋子は、十津川と亀井に、コーヒーを出してくれてから、

「十津川さんのことは、坂田から、よく聞いていましたわ」

と、いった。

「彼が、今、何処にいるか、本当に、知りませんか？」

と、十津川は、きいた。洋子は、まっすぐ、十津川を見つめて、

「知りませんわ。坂田は、きっと、出て行くべきだと考えたら、出てくると思います」

「去年の十月、私は殺人事件の捜査で、大阪へ来ていて、坂田に、会いました。彼が、突然、ホテルに訪ねて来たんです。何か、大事な用があった筈なのに、結局、何もいわず、昔話をして、泥酔して、帰りましたよ。あの時、彼が、本当は、何の用で、私に会いに来たのか、ご存知ありませんか？」

と、十津川は、きいた。

「なぜ、私が、知っていると、お思いなんですか？」

洋子は、相変らず、大きな眼で、じっと、十津川を見つめている。

「そんな気がするんです」

と、十津川が、いうと、洋子は、ちょっと、皮肉な眼つきになって、

「刑事さんは、そんなあいまいな推測で、捜査をやっていらっしゃるんですか?」

「今のは、個人的な感想を、口にしただけですよ。捜査は、別です」

「そうは、思いませんけど――」

「それは、去年の十月の事件のことを、いっているんですか?」

「――」

洋子は、急に、黙ってしまった。詰《つま》ってしまったというより、何をいっても、もう遅いという感じの沈黙だった。

そのことに、十津川は、やはり、推測は、当っていたのだと、思いながら、

「坂田か、あなたは、去年十月に逮捕された丸山俊一と、知り合いだったんじゃありませんか?」

「――」

「答えられませんか? それとも、答えたくないんですか?」

と、十津川は、きいた。

洋子は、やっと、口を開いて、

「警察は、解決した事件の再調査なんか、なさらないんでしょう?」

「理由があれば、やらないことは、ありませんよ」

「信じられませんわ」

「やはり、あなたと、坂田は、丸山俊一を、知っていたんですね?」

と、十津川は、きいた。

洋子は、その質問には、直接、答えず、

「丸山は、あの時、三崎を殺したことは認めても、

戸田くみ子を殺したことは、否認していた筈ですわ。なぜ、警察は、それを、信じてくれなかったんでしょうか？」

「彼の指紋が、戸田くみ子の殺されていた東京のホテルから見つかったからですが」

「灰皿についていた指紋でしょう？」

「そうですが、ホテルのマークの入った灰皿です。他では、使われていない灰皿なんです」

十津川がいうと、洋子は、急に、立ち上って、奥へ消え、すぐ、一つの灰皿を持って、戻って来た。

「この灰皿ですわね」

と、差し出した。

まぎれもなく、問題のホテルのマークが入った灰皿だった。

「どうされたんです？　これは」

と、十津川が、きいた。洋子は、笑って、

「先日、東京で、あのホテルに泊ったとき、一つ、内緒で持って来てしまったんですわ」

「なるほど。丸山ではない人間が、あのホテルの灰皿を持って来て、彼の指紋をつけ、殺人現場に、残して来たといいたいわけですね？」

と、十津川は、きいた。

洋子は、そうだとも、違うともいわなかった。

「あなた方は、武藤好一郎を、真犯人だと、考えていたんですか？」

と、十津川は、続けて、きいてみた。

「彼は、十三で、喫茶店をやっていますわ」

と、洋子は、いう。

「それは、知っています」

「彼の趣味を、ご存知ですの？」

「いや、知りませんが」

「灰皿の収集ですわ。それも、有名ホテルの」

「つまり、彼も、あのホテルの灰皿を持っていた可能性があるということですね？」

「可能性というより、持っていましたわ。日本の有名ホテルの灰皿は、全部、集めたと、いっていましたもの」

と、洋子は、いう。

「しかし、その灰皿に、どうやって、丸山の指紋がついていたんですか？」

と、亀井が、きいた。

洋子は、そんなことかという顔で、

「丸山が、彼の喫茶店に行った時、何気《なにげ》ない調子で、彼が、問題の灰皿を見せれば、丸山は、それを受け取って、簡単に、指紋がつくじゃありませんか」

「丸山が、武藤好一郎の店に行ったという証拠があるんですか？」

と、亀井が、きいた。

「戸田くみ子と、丸山が住んでいたマンションから、歩いて、七、八分のところに、武藤好一郎の喫茶店は、あるんです」

とだけ、洋子は、いった。

「だから、丸山が、彼の店に、コーヒーを飲みに行った可能性があるというわけですか？」

十津川が、きいた。

「ええ。丸山は、コーヒーが好きでした。それだけじゃありませんわ。戸田くみ子だって、休みの日に、武藤の店へ、寄った可能性も出てくると思いますわ」

「だが、証拠はない」

と、亀井が、きめつけるように、いった。

洋子は、キッとした眼になって、亀井を睨《にら》んでから、

「丸山は、大阪府警の刑事さんに、武藤の店に、二回ほど、行ったことがあると、話していますわ。ただ、それを、刑事さんが、事件に関係なしということで、取りあげなかっただけのことです」

「戸田くみ子の方は、どうなんですか？　武藤好一郎の店へ行ったという証拠はありますか？　戸田くみ子と、武藤が、関係があったという事実があるんですか？」

と、十津川は、きいた。

「去年の十月の事件の時、あの店では、二人いたウエイトレスを、二人とも、入れ替えてしまいましたわ」

と、洋子は、いう。

「馘《くび》にして、新しいウエイトレスを採用した？」

「ええ」

「なぜ、そんなことをしたんでしょうか？」

「それは、警察が、調べることじゃありませんの？　私や、坂田が調べても、どうせ、信じて下さらないんでしょう？　部外者が、何をいうかといって」

と、洋子は、いった。警察に対する不信感が、色濃く表われている話し方だった。

5

二人は、洋子のマンションを出ると、

「カメさんは、どう思ったね？」

と、十津川が、亀井に、きいた。

「彼女、頭のいい女性ですね」

「それだけかね？」

「警察に対して、強い不信感を持っていますね」

「それだけか？」

「私が、何といおうと、警部は、問題の、辞めたウエイトレスに、会われるんでしょう」

と、亀井が、見すかしたように、いった。

十津川は、笑って、

「だから、辞めたウエイトレスの一人の名前と、住所を、教えて貰ったんだよ」

と、いった。

洋子が、教えてくれたウエイトレスの名前は、片《かた》山《やま》みどりである。現在、二十三歳で、今は、近くの両親の店で、家業の精肉店を手伝っていた。

十津川と、亀井は、この夜は、おそくなってしまったので、翌日、片山みどりに、会いに出かけた。

みどりは、店から出て来て、近くの喫茶店で、十津川たちに、話をしてくれた。

「私と、もう一人、冴子《さえこ》さんというウエイトレスがいたんだけど、去年の十月に、急に、辞めてくれと、いわれたの」

「理由は、いいました?」

「店の経営がうまくいかないので、店の構えとかも、全部、変えるので、悪いが、辞めてくれという話だったわ」

「そして、新しいウエイトレスを採用した?」

「ええ。でも、この間、行ってみたら、店の構えなんか、前と同じだったわ」

と、いって、みどりは、笑った。

「あなたが働いていた頃、この二人が、店に来たことがありますか?」

十津川は、東京から持って来た、戸田くみ子と、丸山の写真を、相手に見せた。

「この男の人は、覚えてないけど、女の人は、時々、日曜日に、来てたわ」

と、みどりは、戸田くみ子の写真を、指さした。

「ひとりで?」

「たいてい、ひとりだったわ。なんでも、近くのマンションに住んでるって、いってた」

「東京で、殺されたのを、知っていますか?」

「ええ。とにかく、びっくりしたわ。一緒にお店をやめた冴子さんと、顔を合せると、話してたの」

「マスターの武藤さんが、怪しいとは、思いませんでしたか?」

と、亀井が、きいた。

みどりは、「そうねえ」と、考えていたが、

「今までは、考えなかったわ。でも、そういわれてみると、怪しいかも知れない」

「なぜ、そんな風に、思うんですか?」

と、十津川は、きいた。

「あのマスターってね。相談好きなの」

「相談好き?」

「逆かな。人の相談にのるのが好きなのよ。お説教も好きね。世話好きっていったら、ぴったりするかしら」

「そういう意味ね」

「あたしも、相談にのって貰ったことがあるわ。あたしの場合は、お金のことだったけど」

「戸田くみ子も、武藤さんに、何か、相談したんですかね?」

と、十津川は、きいた。

「そうみたいね。彼女、美人でしょう。だから、マスターは、嬉しそうに、相談にのってたみたい」

「何を相談していたんだろう?」

「男のことね」

と、みどりは、いった。

「なぜ、そう思うんですか?」

「だって、彼女と、マスターが、カウンター越しに、こそこそ話をしていて、急に、マスターが、大声で、『そんな男と、つき合うのは、やめなさい!』って、いうのを、聞いたことがあったもの」

と、みどりは、いった。

「なるほど。しかし、そんな風に、いいオジさんで、相手の相談にのっていると、相手の女性を、好きになれなくなるんじゃないかな?」

十津川が、いうと、みどりは、大きく肯いて、

「そうなのよね。それに、相談する女の方だって、相手を、恋愛の対象とは、思えないわ。だから、あの事件の時、マスターを怪しいなんて、ぜんぜん、

思わなかったんだけど、今、刑事さんの話を聞いていると、怪しいなとも思えてくるわ。だって、マスターが、彼女を、抱きたくなったって、それまで、いいオジさんで、相談にのってたから、急に、狼にはなれないでしょう？　女の方だって、突然、ホテルへ誘われたって、びっくりしてしまうわ。それで、マスターは、欲求不満になってたかも知れない」

「うまくいかないことに腹を立てて、戸田くみ子を、殺したということも、考えられるわけだね？」

「そうよ。そういえば、あの頃、マスター、いらいらしてたから」

と、みどりは、いった。

「マスターの武藤さんは、灰皿の収集をしていたというのは、本当？」

これは、亀井が、きいた。

「ええ。よく、自慢してたわ。ホテルなんかに泊って、黙って、持って来てたみたい」

と、みどりは、いった。

6

どうやら、洋子のいうことは、本当だったらしい。

だが、去年の十月の捜査の時、武藤好一郎の名前は、全く、話題にならなかった。

最初に、戸田くみ子殺しの容疑者として、三崎の名前があがり、その三崎が殺されたあと、丸山の名前が、浮上した。

丸山は、容疑が強かったし、両親への手紙で、三崎殺しを書いていたので、丸山逮捕に、突っ走ってしまった。もし、あの手紙がなくて、丸山についての捜査が長引いていたら、その途中で、武藤の名前も、浮んで来たかも知れないのだ。

「府警の塚本警部に、話しますか？」

と、ホテルへの帰り道で、亀井が、十津川に、きいた。

「今、それを考えていたんだよ。彼は、自信家だし、丸山以外に、犯人はいないと、固く信じているだろうからね。これだけの話では、かえって、気を悪くするだけじゃないかと思う。もう少し、証拠らしいものが、見つからないとね」

と、十津川は、いった。

「しかし、肝心《かんじん》の武藤好一郎は、殺されてしまっています。坂田さんが、行方不明では、証拠の見つけようがないんじゃありませんか」

と、亀井が、いう。

「その通りだよ」

「どうしますか？」

「戸田くみ子の両親に、会ってみる」

と、十津川は、いった。

大阪市内に住んでいる彼女の両親には、去年の十月、捜査の途中で、塚本警部と一緒に、会っていた。

丸山の名前も、最初、この両親の口から聞かされたのである。その時、戸田くみ子の母親は、

「同じマンションに住む丸山という人から、つき合ってくれと、しつこくいわれて、娘は、困っていました」

と、十津川と、塚本に、話したのである。

戸田くみ子の両親は、前と同じ、郊外の団地に住んでいた。父親は、サラリーマンである。彼は、まだ、帰っていなくて、母親の雅子《まさこ》が、応対してくれた。

「事件のことは、なるべく、忘れたいと、思っています」

と、雅子は、十津川に、いった。

「そんなところへ、申しわけないんですが、もう一

度、あの事件のことで、お聞きしたいんです」

と、十津川は、いった。

「どんなことでしょうか？」

「くみ子さんは、時々、休みの日に、近くの喫茶店に行っていたんですが、そのことを、お母さんに、話していませんでしたか？　コーヒーを飲みに行って、ケーキなんかも、注文していたみたいですが」

と、十津川は、いった。

「コーヒーは、好きでしたわ」

と、雅子は、肯いてから、ちょっと、考えていたが、

「そういえば、何かの時に、くみ子は、こんなことをいってましたわ。もう年頃なんだから、結婚のことを、考えなさいって、いったんです。そうしたら、いろいろと、相談にのってくれる人がいるっていってましたわ」

「その人のことで、他に、何かいっていませんでしたか？」

「その時お父さんが、職場の上司か、先輩の人かって、聞いたんですよ」

「そうしたら、くみ子さんは、何といっていました？」

「優しい人だとか、その人も、コーヒーが好きで、気が合うんだとか――」

「他には？」

「サラリーマンかって、聞いたら、自分で、お店を持って、やってる人だとも、いっていましたわ」

「なるほど」

「私も、お父さんも、その人のことが、よくわからなくて、まさか、その人が好きなんじゃないでしょうねって、聞いてみたんです。話の様子だと、くみ子とは、年齢《とし》が離れているようで、心配だったからですわ」

「くみ子さんは、どういっていました？」

「笑ってました。その人は、相談相手としては尊敬しているけど、恋愛の対象に考えたことは一度もないって」

「笑っていたんですね？」

「ええ。お説教好きで、学校の先生みたいともいっていましたわ」

と、雅子は、いう。

「それで、安心したんですね？」

「ええ。ですから、丸山という人のことだけ、心配していたんです。そのあとで、くみ子が東京で殺され、丸山という人が、犯人だったと警察から知らされて、やっぱりと思いましたわ。でも、新聞で見ると、あの犯人は、くみ子を殺してないと、いってるみたいですけど」

雅子は、眉をひそめて、十津川を見た。

「そうです」

「犯人じゃないんですか？」

「二つの殺人の一つについては、自供していますから、殺人犯であることは、間違いありません」

「でも、くみ子は、殺してないんですか？」

「それは、丸山が、苦しまぎれに、否認しているだけですよ。少しでも、刑を軽くしようとしてね。判決では、二人を殺したとして、無期ということになっています」

「控訴したと、聞きましたけど？」

「ええ。それで、われわれとしても、それに対抗するため、捜査を、より完全なものにしたくて、こうして、お話を伺いに来たんです」

と、十津川は、いった。

「でも、私には、もう付け加えることは、ありませんけど」

「わかっています。ただ、くみ子さんが、いろいろと、相談していた人間についても、高裁では、弁護人が、持ち出すかも知れないので、われわれも、知識を持っておいて、対抗したいのですよ」

「私は、その人の名前を知りませんけど――」

と、雅子は、申しわけなさそうに、いった。

「くみ子さんが、東京のホテルに行くことは、知らなかったと、あの時、いわれましたね？」

「はい。全く、存知ませんでした。突然、あの日の夕方、くみ子から電話があって、今、東京にいるといわれて、初めて、知りました」

「そうでしたね。その時、くみ子さんは、何をしに、東京に来たと、あなたに、いったんですか？」

「それも、もう、申しあげた筈ですけど」

「東京の友だちに、会いに来たと、くみ子さんは、いわれたんでしょう？」

「はい」

「あれは、本当だったんですか？」

「はい」

「本当は、もっと、いろいろと、いったんじゃありませんか？　お母さんとしては、亡くなった、お嬢さんが、だらしのない娘だと思われるのが嫌で、あんな、あいまいなことしか、いわれなかったんじゃありませんか？」

と、十津川は、食いさがった。

「もう、何をいっても、娘は、帰って来ませんわ。それに、犯人も、捕っているし――」

「やはり、お嬢さんは、もっと、いろいろ、いったんですね？」

「警察や、マスコミは、くみ子が、ツインルームに泊っていたというだけで、頭から、男と一緒だったと、決めつけたんです。そんな時に、何をいえます？　あの娘は、ひとりでホテルに泊る時も、広い部屋がいいといって、いつも、ツインルームをとるんですわ」

「わかりました。それで、お嬢さんは、電話で、何といったんですか？」

と、十津川は、きいた。

「本当のことを、いわなければいけませんか？」

「その方が、お嬢さんも、浮《うか》ばれると思いますね」

と、亀井が、いった。それでも、雅子は、しばらく、黙っていたが、

「本当は、娘は、こういったんです。実は、妻子のある人とつき合っている。その人は、東京にいる人だ。いつも、相談にのって貰っている人に話したら、きっぱりと、別れなさいといわれた。それで、東京に来ている。明日、彼に会って、きっぱりと、別れますというつもりだと、くみ子は、いっていたんです」

「それで、納得しました」

「だから、私は、てっきり、その方と別れ話がうまくつかなくて、あんなことになってしまったと思っていたんですわ」

「問題の男の名前は、三崎典伍だったと思いますよ」

「ええ。でも、その人も、殺されてしまって」

「殺したのは、丸山です。彼は、三崎が、くみ子さんを殺したと思って、彼を殺したんだと、いっています」

「じゃあ、丸山という人は、娘は、殺していないんですか？」

「わかりません。お嬢さんは、相談相手のことで、他に、何かいっていませんでしたか？　名前とか、住所とかですが」

と、十津川は、きいた。

「そういえば——」

「そういえば、何ですか？」

「叔父《おじ》と同じ名前だと、いっていたことがありましたわ」

と、雅子がいう。

「武藤さんと、いわれるんですか？」

「いえ。竹西《たけにし》というんですけど、名前の方が——」

「竹西——何といわれるんですか?」

「竹西好一郎ですわ」

と、雅子は、いった。

7

十津川と、亀井は、もう一度、府警の塚本警部に会う必要を感じた。

その足で、二人は、府警本部を訪ね、塚本に会い、これまでにわかったことを、話し、合せて、十津川の考えも、告げた。

案《あん》の定《じよう》、塚本は、不機嫌になった。

「同じ警察の人間に、足元をすくわれかけるとは、思いませんでしたよ」

と、塚本は、皮肉をいった。

十津川は、小さく手を振って、

「そんな気は、全くありません。ただ、私としては、事実を知りたいだけです。また、今度の武藤好一郎殺しについては、去年十月の事件の再調査がないと、解決しないとも、思うからです」

「では、去年の十月に、戸田くみ子を殺したのは、丸山ではないと、思うんですね?」

「そう考えるようになってきました」

「しかし、肝心の坂田が、行方不明の今、それを、どうやって、証明するんですか? 武藤好一郎だって、死んでしまっていますよ」

と、塚本は、いった。

「坂田は、必ず、出てくると、思っています」

と、十津川は、いった。

「私は、証拠がない限り、考えを変える気はありませんよ」

塚本は、頑固に、いった。確かに、それが、正しいのだ。今、簡単に、十津川の主張を認めれば、戸田くみ子殺しについては、誤認逮捕になってしまうからである。

十津川は、府警本部を出ると、亀井に、向って、

「これから、仙台へ行ってみたい」

「丸山に、会われるんですね？」

「ああ。もう一度、丸山のいい分を、聞きたいんだ」

と、十津川は、いった。

タクシーで、大阪空港に行き、一四時四五分発、仙台行のANA737便に、乗った。

仙台に着いたのは、一五時五五分である。空港から、電話しておいて、二人は、宮城刑務所に向った。

宮城刑務所では、所長が、待っていて、すぐ、収容されている丸山に、会わせてくれた。

「あんた方が来たって、おれの気持は、変らないよ」

それが、丸山の第一声だった。

「三崎を殺したのは、認めても、戸田くみ子殺しは、認めないということだね？」

と、十津川は、きいた。

「ああ、そうだ。おれは、あの娘《こ》が好きだった。殺す筈がない」

「君は、坂田夫婦を、知ってるね？　坂田弘か、奥さんの方かわからないが、知っている筈だ」

と、十津川が、きくと、丸山の眼が、急に、宙を泳いで、

「いや。そんな人は知らないね」

「知らないでは、すまなくなっているんだよ」

「どういうことなんだ？」

「坂田夫婦は、離婚し、坂田は、殺人を犯《おか》した。君のためにだよ」

と、十津川は、いった。

「まさか――」

「坂田は、私の友人でね。彼は、去年十月の戸田くみ子殺しについて、武藤好一郎という男を、真犯人と思い、彼を脅していたんだが、ついに、殺してしまった」

「――――」

「どうだね？　本当のことを話してくれないか。私も、友人として、坂田の力になりたいんだが、今の状況では、力になることが出来ないんだよ。なぜ、坂田が、そんなことをしたか、わからないからだ」

「本当に、坂田さんは、そんなことをしたのか？」

丸山が、十津川を見すえるようにして、きいた。

「知らなかったのかね？」

「弁護士は、何もいっていなかった」

「君と、坂田夫婦とは、どんな関係なんだ？」

「何の関係もないよ」

「そんな筈はないだろう？　坂田は、君のために、殺人まで犯したんだ」

と、十津川は、いった。

「昔のことだよ」

と、丸山は、いう。

「昔って、いつのことだ？」

「二年前かな。十三の駅で、夜おそく、おれは、電車を待ってた。そしたら、中年の酔っ払いが、ホームから、線路に落ちたんだよ。おれは、飛び降りて、助けた。その酔っ払いの名前が、坂田だった。それだけだよ」

丸山は、ぼそぼそと、いった。

「二年前のいつだね？」

「暮れだったよ。十二月の二十日頃だ」

「その後、坂田と、つき合っていたのかね？」

「一度、奥さんが、お礼に来たことがあったよ。だが、おれは、そんなことで、恩を売るのは嫌だから、つき合ってはいないさ」

と、丸山は、いった。

8

その夜、最終の東北新幹線で、十津川と、亀井は、東京に、帰った。

丸山の話を確認する作業が、残っていた。翌日、十津川は、ひとりで、国会図書館に出かけ、二年前の十二月の新聞を、調べた。

出ていた。

事件は、十二月十九日の夜で、翌日の新聞にのっていた。

〈師走《しわす》に、心温《あたた》まる出来事〉

という見出しである。

〈十九日の午後十一時半頃、阪急《はんきゅう》電鉄の十三駅ホームから、泥酔した坂田弘さんが、転落した。たまたま、同じホームにいた丸山俊一さんが、線路上に飛び降り、駅員と協力して、ホームに助けあげた。その直後に、電車が入って来て、一歩間違えば、坂田さんは、その電車にはねられて、死亡するところだった。大阪府警では、丸山さんを、人命救助で、表彰する予定〉

(このことに、府警の塚本警部は、気がつかなかったのだろうか?)

気がついていても、たまたま、人命救助をしたことがあるぐらいで、容疑者を見る眼が、甘くなってはいけないと、逆に、塚本は、いい聞かせていたのかも知れない。

十津川は、国会図書館から帰ると、坂田洋子に、電話をかけた。

「二年前の暮れに起きた事件のことを、知りましたよ。十三駅で、坂田が酔ってホームから転落したのを、丸山俊一が、助けあげた事件です」

と、十津川が、いうと、

「丸山さんに、聞いたんですか？」

「ええ。宮城刑務所に行って、丸山に会い、二年前の新聞を読んで、彼の言葉を、確認しましたよ。坂田は、それで、丸山のために、去年の事件を調べ直し、武藤好一郎が、戸田くみ子を殺したに違いないと考えた。何とか、自供させようとして、私の名前を使って、電話で、脅した。そうなんですね？」

「そうかも知れませんわ」

「どうしたんですか？　私の話に興味はないんですか？」

「どうでもいいことです。これから、出かけなければなりませんの」

と、洋子は、力のない声で、いった。

「出かけるって、何処《どこ》へですか？」

「九州の由布院《ゆふいん》です」

「何の用で？」

「さっき、電話がありました。由布院の旅館で、坂田が、自殺したそうですわ」

「それ、本当ですか？」

「ええ。ですから、これから、行かなければなりませんの」

洋子は、力のない声でいい、電話を切った。

十津川は、いきなり、頭を殴られた思いで、しばらくは、受話器を、持ったままでいた。

「カメさん。これから、由布院へ行ってくる」

と、十津川は、受話器を置いて、亀井に、いった。

「私も、お供しますよ」

「いや、今度は、私ひとりで、行きたいんだ」

と、十津川は、いった。

彼は、タクシーを飛ばして、羽田空港に向い、大分行の最終便に、乗ることが出来た。

大分に着いたのが、一九時五五分。空港から、タクシーで由布院に、向った。

ＪＲ由布院駅前の派出所で、今日、ここの旅館で、自殺者が出たかどうか、聞いてみた。

派出所の警官は、肯《うなず》いて、

「それなら、玉水《たまみず》旅館です。旅館の主人から、泊り客が、首を吊《つ》って、死んだという届け出がありましたから」

と、いった。

十津川は、その旅館の場所を聞き、急いだ。

駅から車で、十二、三分のところにある古い旅館だった。入って行くと、警官の姿が、見えた。

十津川は、旅館の主人をつかまえて、死んだ泊り客のことを、聞いた。

「岡田さんとおっしゃる中年の男の方でしたが、今朝、部屋で、首を吊って、死んでいたんです。警察に届けました。そのあと、運転免許証を見ましたら、本名は、坂田弘さんで、大阪の方と、わかりました」

「遺体は？」

「病院に、運ばれて行きました」

「別れた奥さんが、来ている筈なんですが」

「それなら、病院の方に行かれましたよ」

と、旅館の主人は、いった。

十津川は、教えられた病院に廻った。由布院駅の近くの綜合病院で、この前にも、パトカーが、とまっていた。死んだ坂田と、新幹線の個室で、殺されていた武藤好一郎とのことがあるからだろう。

入口から、中に入って行くと、洋子が、待合室にいるのが、見えた。すでに、外来の診療時間は終っているので、病院の中は、がらんとしている。待合室も、明りが消えていた。

十津川が、近づくと、洋子は、足音に気がついた

とみえて、顔をあげた。その顔を見た時、

(坂田とは、憎み合って、別れたのではないのだ)

と、十津川は、改めて、思った。

恐らく、坂田が、妻まで巻き込んではいけないと思って、頼んで、離婚ということにしたのだろう。

洋子は立ち上り、ハンドバッグから、部厚い封筒を取り出して、十津川に、渡した。

「坂田が、残していた十津川さん宛《あて》の遺書ですわ」

と、洋子は、いった。

「拝見します」

と、十津川は、いった。

白い封筒の表には、「警視庁捜査一課、十津川省《しよう》三《ぞう》様」と、書かれてあった。

中身は、便箋《びんせん》何枚にもわたって、几帳面《きちようめん》な字で、書かれたものだった。それは、「君に申しわけないことをした」という言葉で、始まっていた。

〈君に申しわけないことをした。私は君の名前と肩書きを黙って借用し、それを、脅迫に使ったり、新幹線の個室に、死体をのせたままにして、君に、迷惑をかけてしまった。今更《いまさら》、いいわけめくが、なぜ、そんなことをしたのか、書いておきたい。

或いは、君は、凄腕《すごうで》の刑事だから、すでに私のことを調べつくしてしまっているかも知れないが、私の告白を、我慢して、読んで欲しい。

二年前の十二月、私は、まだ、F化学に勤めていて、管理課長になっていた。あの日、友人と十三で飲み、十一時過ぎに、十三の駅にいた。私は、めったに酔わないのだが、その日は、仕事がうまくいかず、鬱々《うつうつ》としていたので、酔ってしまった。ホームで、電車を待っている間に、ホームから、線路に落ちてしまったのだ。その時、一人の男が、飛び降りて、助けてくれた。彼が、勇敢に行動してくれていなければ、その日が、私の命日になっていた筈なのだ。

その男は、丸山俊一と、いった。ちょっと見ると、ヤクザっぽい男で、助けてやったんだから、金でもよこせというのではないかと思ったのだが、話してみると、さっぱりした男で、何も要求して来なかった。私が、何か礼がしたいというと、彼は、笑って、こういったんだよ。「今度、おれが困ったことがあったら、その時、助けてくれよ」とね。その後、丸山に会うこともなく、一年近くが過ぎた。翌年の十月のあの日、何気なくテレビを見ていたら、丸山俊一が、殺人容疑で逮捕されたと、ニュースでやっていた。夕刊にも出た。

同じマンションに住む戸田くみ子というOLを、東京で殺し、更に、彼女と関係があった三崎という男まで殺したという。丸山は、三崎を殺したのは認めているが、戸田くみ子は、絶対に殺してないと主張しているともね。私が、直感したのは、丸山が、そういってるのなら、三崎は殺しているが、戸田くみ子は、殺していないのだということだった。

私は、大阪府警に電話を入れ、丸山は、嘘をつけるような男じゃないと、いおうと思った。その時、この事件は、東京の警視庁との合同捜査だと聞いた。私は、君のことを思い出し、十津川警部の友人だといったら、君の泊っているホテルを、教えてくれた。

私は、君に会いに行った。丸山がいっていることは、本当だから、わかってやってくれ、戸田くみ子を殺した人間は、他にいる筈だと、君に、頼むためだった。だが、君の自信満々の顔を見ていると、とうとう、いい出せなかった。そのため、私は、一年ぶりに、酔っ払ってしまい、君に、送って貰う破目《はめ》になってしまった。

その後、私は、丸山の言葉が、嘘でないことを証明しようとした。私の耳には、「今度、おれが困ったことがあったら、その時、助けてくれよ」という丸山の言葉が、聞こえていたからだ。

会社勤めでは、時間が自由にならないので、私は、会社を辞め、コンサルタントを、自称していた。無職では、聞いて廻る時、相手が信用してくれないのではないかと、思ったからだ。妻の洋子にも、離婚してくれるように、いった。どんな危険が待ち受けているかわからなかったし、その危険は、妻の洋子にも及びかねないと、思ったからだ。私は、殺された戸田くみ子の周辺を、調べることから始めた。彼女と、少しでも関係があると思われる人間がいたら、それを一人ずつ、チェックしていった。

何人目かに、喫茶店をやっている武藤好一郎という男の名前が、浮び上ってきた。戸田くみ子が、会社の休みの日に、時々、コーヒーを飲みに寄っていたと、聞いたのだ。

私は、店の客になって、この男のことを調べてみた。評判のいい男だった。二人いるウエイトレスは、優しくて、信頼できるマスターだというし、店の常連たちも、穏《おだ》やかで、きちんとした男だという。最初は、これは、犯人とは、程遠いなと思ったのだが、その内に、少しずつ、疑惑が、生れてきた。

血気盛んな中年男が、やたらに、優しいとか、穏やかだとかいわれるのは、不自然ではないかと、思い始めたのだ。私は、本当の聖人君子なんかこの世にはいないと思っている。七十歳過ぎたって、男は、女を見れば、変な気になるものなのに、武藤の見られ方は、不自然だと、思ったのだ。

調べていくと、戸田くみ子が、武藤に、いろいろと、相談にのって貰っていたことが、わかってきた。もう一つわかったのは、武藤が、それまで、働いていたウエイトレス二人を、何の理由も告げずに、馘《くび》にして、新しい女性を傭《やと》ったことだった。どちらも、私には、不自然に思えた。

中年の、しかも、独身の男が、それも、二十代後半で、女盛りの美人に、人生相談を受けている。この姿は、美しいというより、薄気味悪いシーンだよ。この男は、その女に対して、抱きたいと思わないのだろうか？　妙な気分にならないのだろうか？　もし、無理をして、自分を抑《おさ》えているのだとしたら、不自然だし、抑圧《よくあつ》された感情が、いつか、爆発してしまうのではないか。私は、そう思ったのだ。

男は、自惚《うぬぼ》れの強いものだよ。安心して、いろいろな相談にくる戸田くみ子のことを、武藤は、自分に惚れているんじゃないかと思う。ところが、彼女の方は、愛の対象とは全く考えていないから、安心して、相談に来ている。そうした男と女の思い込みの落差というのは、殺人にだって、発展する筈だと私は、考えた。

二人のウエイトレスを、突然、馘にしたのは、武藤が、自分と戸田くみ子の関係を、知られたくなかったからに、違いない。

だが、武藤が、戸田くみ子を殺したという証拠は、見つからなかったし、素人《しろうと》の私に出来ることといったら、限られている。

そこで、つい、君の名前を、使って、武藤に、ゆさぶりをかけることにしてしまった。私がいくら脅しても、向うは、全く、堪《こた》えないだろう。だから、刑事である君の肩書きと、名前を、使わせて貰ったのだ。それに、私は、東京で、学生生活を送ったから、いわゆる標準語でも、喋《しゃべ》れる。東京の刑事だと名乗っても、怪しまれないと、思ったのだ。私は、電話を使って、武藤を脅していった。警視庁捜査一課の十津川だが、戸田くみ子殺しについて、内密で再調査をしている。それで、あなたに、容疑が生れていると告げ、戸田くみ子と、よく会っていたのではないかとか、会っている時、どんな話をしていたのか、根掘《ねほ》り葉掘《はほ》り、訊問してやったのだ。

もし、武藤が無実なら、警視庁に怒鳴り込んでいくだろう。だが、彼が、戸田くみ子を殺していれば、怯えても、藪蛇《やぶへび》になるので警視庁には、確めないだろうと、踏んでいたのだ。

予想どおり、武藤は、警視庁に電話で確めることもしなかったし、怒鳴り込みもしなかった。

私は、どんどん圧力を強くして行った。武藤が、戸田くみ子を殺したとすれば、事件の日、彼は、東京のホテルに行っている筈だ。だから、十津川警部の名前で、電話をかけ、東京で、目撃者が出ている。その目撃者に会って貰うと、脅しをかけてやった。

武藤は、案の定、狼狽《ろうばい》した。あわてふためいているのが、電話からも、伝わってきた。

私は彼が、犯人であることを、確信した。

だが、確信はしたが、私は、本物の刑事じゃない。

そこで、武藤を、東京に連れて行き、君に引き渡し、今までのことを全て話して、もう一度、あの事件を、調べ直して貰おうと、考えたのだ。

君には、東京に行くことを伝え、東京駅に迎えに来てくれと、頼んだ。

本当は、二人用個室で、武藤を連れて行きたかったのだが、一人用しか、切符がとれなかった。

三月十日は、武藤の店が、休みだった。そこで、私は、彼のマンションへ行き、あらかじめ作っておいた警視庁捜査一課・十津川省三の名刺を見せて、一緒に、東京へ行って欲しいと告げた。わざと、これは、参考人として来て頂くので、手錠はかけませんともいってやった。

武藤は、真っ青になったよ。動転してしまっているのが、はっきりと、わかったよ。だから、私に、警察手帳を見せろともいわなかった。いわれた時の用心に、それらしいものも、作っておいたんだがね。

武藤は、私の名前を知らないから、すっかり十津川警部だと思い込み、大人しく、新大阪駅から、ひかり116号に、乗った。私は、グリーン料金を払って、通路の、個室の前にがん張っていた。

私は、東京に着いて、君に会ったら、どう説明したらいいか、それを考えていた。

列車が、東京に近づくにつれて、武藤の様子が、おかしくなった。私を、疑い始めたんだ。怯《おび》えるけものの直感というやつかも知れない。私を、ニセ刑事じゃないのかと、いい出した。前もって作っておいた警察手帳を見せたんだが、名刺ほど、上手《うま》く作れていなかったんだろうと思う。かえって、武藤は、大声で、ニセ刑事と叫び、つかみかかってきた。私は、万一の時にと思って、持って来たナイフをちらつかせたのだが、武藤はワイシャツ姿のまま、個室を飛び出して、行こうとする。車掌に告げられたら、全てが、終りだと思った。カッとして、私は、彼の背中を刺した。血が吹き出し、私は、狼狽し、ナイフを引き抜いて、コートのポケットに入れ、渡しておいた名刺を取り返して、新横浜駅で、逃げた。

武藤は、私の本名を知らない。ニセ刑事の十津川としかだ。彼が、息を吹き返したとしても、大丈夫だと思ったが、君がいる。私は、妻の洋子に迷惑をかけるのを恐れて、大阪には戻らず、九州の由布院に、身を隠した。

すぐ、自殺しなかったのは、事件の行方が気がかりだったからだ。もし、これをきっかけにして、去年十月の事件が、見直され、武藤好一郎に、疑いの眼が向けられてくれれば、丸山との約束を果たすことが出来ると思ったからだ。

だが、いまだに、その気配がない。これ以上、私が逃げていたら、かえって、丸山には不利になり、洋子には、迷惑をかけるだろう。私は、死ぬべきだと思う。ただ、君には、大変な迷惑をかけたことを詫《わ》び、迷惑をかけてしまった理由を、知って貰いたいので、この手紙を書いた。

許して欲しい。

坂田　弘〉

十津川は、長い遺書を読み了えた。

武藤好一郎のダイイング・メッセージの意味もこれで、わかったと思った。

武藤は、自分を刺した男の名前を知らなかった。知っていたのは、警視庁刑事の十津川のニセモノということだけだった。

だから、彼は、「おれを刺したのは、刑事の十津川のニセモノだ」と、いいたかったのだ。だが、十津川といったところで、息絶えてしまったのだ。

十津川は、遺書を、コピーにとったあと、それを持って、もう一度、大阪府警に、塚本を訪ねることにした。

何としてでも、去年の十月の事件の再捜査をし、坂田の遺志を、かなえさせてやりたかったからである。

解説　駅が重要な役割を演じる傑作ミステリー揃《ぞろ》い

小《お》梛治宣《なぎはるのぶ》（日本大学教授・文芸評論家）

鉄道ファンに限らず、「駅」という言葉には人それぞれの様々《さまざま》な思いが詰まっているのではなかろうか。人々が行き交《か》う駅は、出会いと別れの場であるとともに、恨《うら》みや悲しみが集積している場でもある。逃避行の起点でもあり、終着点ともなる。だから、ミステリーにとっては欠かすことの出来ない重要な舞台ともなってくるのである。

十津川《とつがわ》警部シリーズには、そうした「駅」がタイトルに付いたものは、日本推理作家協会賞を受賞した『終着駅《ターミナル》殺人事件』を筆頭に、『札幌駅殺人事件』、『上野駅殺人事件』、『東京駅殺人事件』など、駅シリーズとでも呼ぶべき作品が少なからずある。鉄道ミステリーの開祖たる著者なれば、これは当然のことだが、意外にも短編にはタイトルに「駅」が付いた作品は、きわめて少ない。私の知る限りでは、「西の終着駅の殺人」、「小さな駅の大きな事件」、「運河の見える駅で」の三編にすぎない。

しかも、長編も含めて、ローカルな無人駅の駅名を冠した作品は、これまでに一つもなかった。その意味では、本書に収録されている、最新作「姨捨《おばすて》駅の証人」（「小説ＮＯＮ」二〇一五年二月号）は、きわめてユニークな、ファンにとっては得難い一編ということになる。本書は、その稀少な一編を軸に、タイトルに「駅」こそ付かないが、駅が重要な役割を演ずる作品を加えて一巻に仕立てたものである。そのあたりもお楽しみいただきたいと思う。

では順を追って、それぞれの作品を見てみることにしよう。

「姨捨《おばすて》駅の証人」　苦労した殺人事件の捜査がようやく解決したので、亀井《かめい》刑事は二日間の休暇をとって、旅に出ることにした。まず新宿から「スーパーあずさ」に乗り、松本《まつもと》まで行く。そこから、さらに長野行の篠ノ井《しののい》線普通列車に乗り換えて、目的地の姨捨駅へと向った。

旅行が趣味の亀井は、家族を連れて旅に出ることも多い。とくに、鉄道ファンの長男健一《けんいち》との旅で、事件に遭遇することが度々《たびたび》あった。大井川《おおいがわ》鉄道のイベント列車に乗車した時には、展望デッキにいた女性の消失事件が起こった（「展望車殺人事件」）。〝ヨコカル〟（横川―軽井沢間）にある碓氷《うすい》峠の重連をみたいと、健一にせがまれて乗った特急あさまの車内でも（「ヨコカル11・2キロの殺意」）、スーパービュー踊り子号のグリーン二階席に息子と乗り込んだとき（「二階座席《シート》の女」）も、女性の殺害事件に遭遇してしまっている。後者の場合には、重要参考人として静岡県警から逮捕されかねない状況にまで追い込まれてしまう。

今回亀井一人で訪れた姨捨駅は、昔話の駅としても有名だが、スイッチバックでも知られているため、無人駅ながら鉄道マニアが多く訪れていた。亀井も彼らに交じって、駅舎に並べてある姨捨伝説の絵などを鑑賞したり、周囲を写真に撮《と》ったりしていた。ところが、反対側のホームにいた人物を目にした亀井は驚愕《きょうがく》した。いるはずのない人物がそこにいたからである。一昔前のハリウッド女優がかぶっていたようなつば広の黒い帽子、白いセーターと白いスラックスに黒のコート。セーターには大きなシャネルのマークが入っている。女とも見えるが男なのだ。急ぎ男を追ったが、動き出した列車に乗ったらしく、姿を見失ってしまった。

亀井は旅行を中止して、東京の十津川警部のもとへ急いで戻った。その男は、ようやく解決したばかりの殺人事件にかかわる人物だったのだ。その事件とは、女子大生が自宅マンションで殺害されたというもので、容疑者として、被害者の通っていた大学の准《じゅん》教授中西昭《なかにしあきら》が逮捕されていた。だが、中西は犯行のあった夜、飯田《いいだ》線の「沢《さわ》」という無人駅に一人でいたが、そこから乗った下り列車内で奇妙な恰好《かっこう》の人物に出会ったといって、その人物像を自ら描き出した。しかし、警察がいくら捜しても、そんな人物は見つからず、中西を送検することが決まったのだった。ところが、姨捨駅で亀井が目撃した男は、中西が描いた、その人物像とそっくりだったのである。亀井が出会ったのは偶然としか思えない。さらに、その男が、中西のアリバイ証人として、十津川の前に姿を現わした。中西のアリバイは成立してしまうのか……。

「下呂《げろ》温泉で死んだ女」岐阜から高山《たかやま》本線で高山へ向う列車が、下呂駅を出たあと、禅昌寺《ぜんしょうじ》、飛騨萩原《ひだはぎわら》、上呂《じょうろ》、飛騨宮田《みやだ》と過ぎて、飛騨小坂《おさか》の駅に着いたとき、乗り込んできた三人の若者が車内の異常に気づいた。三十二、三歳の女性が、血を流して倒れていたのである。殺人であった。運転免許証から被害者は、明日香令子《あすかれいこ》と判明。住所が東京だったため、十津川班が協力することになったが、亀井の記憶によると、タレントの浅井尊之《あさいたかゆき》と離婚して、三億円の慰謝料をもらったのが、彼女らしい。この三億円が事件の背景にあるのかもしれない。

それにしても亀井が疑問に思うのは、令子は列車内で胸を二度刺されているのに、なぜ他の乗客が気づかなかったのかという点だ。

令子の妹とは連絡がとれたが、元夫の浅井は四日間休暇をとったまま行方が知れない。現地に赴《おもむ》くことにした十津川と亀井だったが、下呂駅を過ぎたあたりで、事件解決のための重要なヒントを摑んだ。十津川が、その意表をついたトリックを仕組んだ人物を探っていくと……。

「謎と憎悪の陸羽東線《りくうとうせん》」　荒川《あらかわ》放水路とそれに近接する隅田《すみだ》川の岸で、男のバラバラ死体が発見された。ところが、頭部だけが見つからないために、被害者の身元の割り出しができない。被害者は、四十代後半から五十代前半、慢性の肝臓障害があり、心臓も肥大していた。しかも四肢《しし》が細く、指が少しふやけていた。どうやら温泉を利用した療養所にいた人間らしい。現場周辺にはそうした施設は存在しないので、地方から東京に出て来たものと思われた。

だが、温泉国である日本にはそうした施設は限りなくあるため絞り込むことが難しい。被害者の頭部は依然として見つからなかったが、死体が入っていたと思われる黒いゴミ袋が発見され、その中にメモの破片がへばり付いていた。

そこには「東」と「16」と書かれており、そのあとに続く文字と数字があったはずだが、ちぎれてしまって分からない。十津川たちは、そこから手掛りを探ろうとする。人の名前か地名か会社名か、あるいはホテル、病院か。数字の方は、電話番号なのか。試行錯誤《さくご》の末、十津川が出した結論は、時刻表の数字と駅名だった。そこから被害者を果して特定することができるのか。この駅名探しの過程が、実に面白《おもしろ》く、本作の読み所の一つと言える。

「**新幹線個室の客**」大阪に住む大学の同窓生坂田《さかた》から、どうしても相談にのって欲しいことがあるので明日東京へ行く、と十津川に電話があった。翌日、東京着午後六時三二分のひかり116号に乗ってくる坂田を出迎えに行った十津川は、坂田が乗っているはずのグリーン個室で、背中を赤く染めて倒れている男を発見する。その男は「おれを刺したのは、刑事の十津川——」というダイイング・メッセージを残して、病院へ運ばれる途中で死亡した。被害者は、大阪で喫茶店を経営する武藤好一郎《むとうこういちろう》と判明したが、坂田本人は姿を消してしまっていた。

店のウエイトレスによれば、武藤は、最近「東京警視庁の十津川」と名乗る男からよくかかってくる電話に怯《おび》えていたという。妹の話でも、東京に行き十津川という刑事に抗議をするといっていたというのだ。十津川を名乗る何者かが、武藤を脅迫していたと考えられるのだが、それは果して坂田なのか。とすると、彼はなぜそのようなことをしたのであろうか。仮に、坂田が武藤を殺して逃亡しているとしても、その動機が不明なのだ。しかも、なぜ十津川に東京駅へ出迎えに来てくれるように頼んだのか。今回の事件の裏には、大阪の十三《じゅうそう》の駅で起きたあるアクシデントが関係していたのだった……。

シリーズの中には、高校の同窓会に初めて出席した十津川が、同窓生の起こした殺人事件にかかわることになったり（「十津川警部C11を追う」）、大学の同窓の作家が、特急列車内で殺害されたり（「特急『あさしお3号』殺人事件」）と、十津川の同窓生が、事件にかかわる作品も少なくない。本作は、そうした中でも殺人の動機がきわめてユニークな一編と言える。

ところで、作者は、このところ戦後七十年をテーマにした意欲的な作品を次々と発表している。その創作意欲たるや、とても八十四歳とは思えぬ迫力すら感じさせる。「戦争」という同一テーマで一年間作品を書き続けることだけでも至難だが、いずれの作品も、異色作で読み応えも充分である。ぜひ、本書と併せて、お読みいただきたい。

収録作品はフィクションであり、実在の個人・団体・事件・地名などとはいっさい関係ありません。なお、作中に描かれた状況は雑誌に発表された当時のもので、現在のものとは異なっている場合があります。（編集部）

ノン・ノベル百字書評

キリトリ線

なぜ本書をお買いになりましたか（新聞、雑誌名を記入するか、あるいは○をつけてください）

- □（　　　　　　　　　　）の広告を見て
- □（　　　　　　　　　　）の書評を見て
- □ 知人のすすめで
- □ タイトルに惹かれて
- □ カバーがよかったから
- □ 内容が面白そうだから
- □ 好きな作家だから
- □ 好きな分野の本だから

いつもどんな本を好んで読まれますか（あてはまるものに○をつけてください）

●**小説**　推理　伝奇　アクション　官能　冒険　ユーモア　時代・歴史
恋愛　ホラー　その他（具体的に　　　　　　　　）

●**小説以外**　エッセイ　手記　実用書　評伝　ビジネス書　歴史読物
ルポ　その他（具体的に　　　　　　　　）

その他この本についてご意見がありましたらお書きください

最近、印象に残った本をお書きください		ノン・ノベルで読みたい作家をお書きください	

1カ月に何冊本を読みますか	冊	1カ月に本代をいくら使いますか	円	よく読む雑誌は何ですか	

住所					
氏名		職業		年齢	

あなたにお願い

この本をお読みになって、どんな感想をお持ちでしょうか。

この「百字書評」とアンケートを私までいただけたらありがたく存じます。個人名を識別できない形で処理したうえで、今後の企画の参考にさせていただくほか、作者に提供することがあります。

あなたの「百字書評」は新聞・雑誌などを通じて紹介させていただくことがあります。その場合はお礼として、特製図書カードを差しあげます。

前ページの原稿用紙（コピーしたものでも構いません）に書評をお書きのうえ、このページを切り取り、左記へお送りください。祥伝社ホームページからも書き込めます。

〒一〇一―八七〇一
東京都千代田区神田神保町三―三
祥伝社
NON NOVEL編集長　辻浩明
☎〇三（三二六五）二〇八〇
http://www.shodensha.co.jp/

NON NOVEL

「ノン・ノベル」創刊にあたって

「ノン・ブック」が生まれてから二年一カ月、ここに姉妹シリーズ「ノン・ノベル」を世に問います。

「ノン・ブック」は既成の価値に〝否定《ノン》〟を発し、人間の明日をささえる新しい喜びを模索するノンフィクションのシリーズです。

「ノン・ノベル」もまた、小説《フィクション》を通して、新しい価値を探っていきたい。小説の〝おもしろさ〟とは、世の動きにつれてつねに変化し、新しく発見されてゆくものだと思います。

わが「ノン・ノベル」は、この新しい〝おもしろさ〟発見の営みに全力を傾けます。

ぜひ、あなたのご感想、ご批判をお寄せください。

昭和四十八年一月十五日

NON・NOVEL編集部

NON・NOVEL —1022

トラベル・ミステリー　十津川警部《とつがわけいぶ》　裏切《うらぎ》りの駅《えき》

平成27年5月20日　初版第1刷発行

著　者　西《にし》村《むら》京《きよう》太《た》郎《ろう》
発行者　竹内和芳
発行所　祥《しよう》伝《でん》社《しや》
〒101-8701
東京都千代田区神田神保町 3-3
☎ 03(3265)2081(販売部)
☎ 03(3265)2080(編集部)
☎ 03(3265)3622(業務部)
印　刷　萩原印刷
製　本　関川製本

ISBN978-4-396-21022-9　C0293

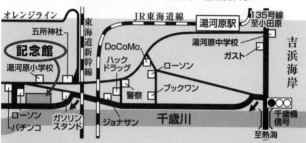

西村京太郎ファンクラブのお知らせ

会員特典（年会費2200円）

◆オリジナル会員証の発行
◆西村京太郎記念館の入場料半額
◆年2回の会報誌の発行（4月・10月発行、情報満載です）
◆抽選・各種イベントへの参加（先生との楽しい企画考案中です）
◆新刊・記念館展示物変更等のハガキでのお知らせ（不定期）
◆他、追加予定!!

入会のご案内

■郵便局に備え付けの郵便振替払込金受領証にて、記入方法を参考にして年会費2200円を振込んで下さい　■受領証は保管して下さい　■会員の登録には振込みから約1ヶ月ほどかかります　■特典等の発送は会員登録完了後になります

［記入方法］**1枚目**は下記のとおりに口座番号、金額、加入者名を記入し、そして、払込人住所氏名欄に、ご自分の住所・氏名・電話番号を記入して下さい

郵便振替払込金受領証　窓口払込専用

口座番号		金額	料金（消費税込み）	特殊取扱
00	00230-8-17343	2200		
加入者名	西村京太郎事務局			

2枚目は払込取扱票の通信欄に下記のように記入して下さい

通信欄
（1）氏名（フリガナ）
（2）郵便番号（7ケタ）※必ず7桁でご記入下さい
（3）住所（フリガナ）※必ず都道府県名からご記入下さい
（4）生年月日（19××年××月××日）
（5）年齢　（6）性別　（7）電話番号

※なお、申し込みは、郵便振替払込金受領証のみとします。
メール・電話での受付は一切致しません。

■お問い合わせ（西村京太郎記念館事務局）
TEL 0465-63-1599